AF382344

Umschlag- und Innenillustrationen: *Lowis Klebow*
Lektorat und Korrektorat: *Tobias Radloff*
Ergänzende Inhalte: *Christian Stobbe, Inga Gögge*
Satz und Umschlaggestaltung: *Julius Hilker*

Herausgeber:
Tobias Radloff c/o Block Services, Stuttgarter Str. 106, 70736 Fellbach

Druck und Distribution:
tredition GmbH, Heinz-Beusen-Stieg 5, 22926 Ahrensburg, Deutschland

Mehr zur Lesereihe „Andere Welten" und den kreativen Köpfen, die dahinterstecken, gibt es unter *www.potsdams-andere-welten.de*

ISBN 978-3-384-16402-5
Buchhandelsausgabe 2024

Phantastische Geschichten
Ausgabe 1

Herausgegeben von Tobias Radloff

Inhaltsverzeichnis

Vorwort

Liebe Leserin und lieber Leser,

stellen Sie sich auch manchmal vor, wie es wäre, in einer anderen
Welt zu leben? Ich für meinen Teil tue das, seit ich denken kann.
Mein Teddybär zum Beispiel war kein gewöhnliches Kuscheltier, oh
nein! Teddy war ein lebendiger Bär, der mit mir reden und meine
Sorgen teilen konnte; sehr klein zwar und aus Stoff statt aus Fleisch
und Fell, aber gerade dadurch für mich perfekt.

Die Welt der lebendigen Kuscheltiere war bei Weitem nicht die
einzige, in die ich mich hineinversetzte: Ich flog mit dem Sand-
männchen zum Mond, versuchte den Weihnachtsmann dabei zu
erwischen, wie er durch meinen Schornstein klettert und zog mit
König Artus Excalibur aus dem Stein. Ich trauerte um den von
meiner Hand erschlagenen Grendel und bangte um Frodo, der
mutterseelenallein durch Kankras Höhle schlich. Ich wurde Zeuge
vom Fall des Hauses Usher, träumte von elektrischen Schafen und
schrieb mich mit Kvothe an der Universität ein, um den Namen des
Windes zu lernen.

Jede dieser Welten ist unterschiedlich, aber sie alle haben eines
gemein: Keine von ihnen ist die unsere. Es sind phantastische
Welten voller Magie und fortschrittlicher Technologie, bevölkert

von fremdartigen Wesen aller Couleur: Feen und Fabeltiere, KIs und Aliens, Vampire, Werwölfe, Vampire *und* Werwölfe, Engel und Dämonen, Borg und Klingonen, Orks, Zwerge, Elfen und gelegentlich sogar der leibhaftige Tod. Es sind Welten, in denen das Unmögliche möglich wird. In denen wir die Gesetze der Physik aushebeln, durch den Spiegel treten und Blei in Gold verwandeln können. Es sind Welten, in denen wir niemals leben werden.

Aber besuchen können wir sie.

Der Reiz der phantastischen Genres – Fantasy, Science Fiction, Horror und ihren Artgenossen – liegt darin, dass sie den Alltag sprengen. Uns in staunende Kinder zurückverwandeln, für die alles möglich ist, weil ihre Fantasie nicht der harschen Realität verpflichtet ist. Phantastische Welten erhalten die Vorstellung am Leben, dass es mehr gibt als das, was wir tagtäglich erleben. Sie geben uns Kraft für die nächste Runde in der Tretmühle zwischen Arbeit, Haushalt und Steuererklärung.

Nun ist es so, dass nicht alle Menschen damit zufrieden sind, phantastische Abenteuer lediglich aus der passiven Beobachterperspektive zu erleben. Manch einer geht einen Schritt weiter, erschafft seine eigene andere Welt, denkt sich Geschichten aus, die darin spielen und schreibt sie auf. Wenn er oder sie große Mengen an Leidensfähigkeit und Beharrungsvermögen besitzt, kann es passieren, dass diese Geschichten irgendwann als Buch erscheinen. Doch der Weg zur ersten Veröffentlichung ist lang, mühsam und gepflastert mit Misserfolgen. Nur wenige erreichen das Ziel.

Und weil das ein Jammer ist, beschlossen vier Phantastik-Autor:innen aus Potsdam – Inga Gögge, Christian Stobbe, Julius Hilker und ich, Tobias Radloff –, der phantastischen Literatur eine neue Bühne zu bieten. Wir wollten einen Raum schaffen, der alle vereint, die für Science Fiction, Horror und Fantasy brennen: Lesende und Schreibende, neue und etablierte Autor:innen und vielleicht – Träumen kostet nichts – irgendwann auch die Mitarbeiter:innen von Literaturagenturen und Verlagen, die neue Talente suchen.

Wir nennen diesen Raum „Andere Welten".

Im vierteljährlichen Rhythmus, immer samstagsabends, laden wir drei unterschiedlich bekannte Phantastik-Autor:innen aus Brandenburg und Umgebung ein, um sich und ihre Texte einem interessierten Publikum zu präsentieren. Wir vier wissen aus eigener Erfahrung, wie schwierig es ist, als Unbekannte:r einen Fuß in die Tür des Literaturbetriebs zu bekommen. Gerade im dünn besiedelten Brandenburg sind die Lesemöglichkeiten für Autor:innen nicht besonders üppig gesät, von der Einschränkung durch ein bestimmtes Genre ganz zu schweigen. Wir können ein Lied davon singen ...

Bei „Andere Welten" können angehende Phantastik-Autor:innen, Lesungserfahrung sammeln, Applaus erfahren und Kontakte knüpfen. Ein Honorar gibt es ebenfalls, was in der heutigen Kulturlandschaft leider immer noch nicht selbstverständlich ist.

Und nun springt für unsere Autor:innen auch noch eine Veröffentlichung heraus! Sie halten sie gerade in Händen.

In diesem Band präsentieren wir Texte von Autorinnen und Autoren, die in den vergangenen zwei Jahren bei uns gelesen haben. Manche Namen sind Ihnen vielleicht schon jetzt bekannt, andere werden Sie in ein paar Jahren häufiger lesen, weil die betreffende Autor:in dann den Durchbruch geschafft hat. Einige Texte sind abgeschlossene Kurzgeschichten, andere stammen aus längeren Romanen. Und jeder einzelne entführt Sie in eine andere Welt.

Bei der Gestaltung unseres Bandes haben wir uns an den Pulp-Magazinen der Vierziger- und Fünfzigerjahre orientiert, dem Goldenen Zeitalter der Phantastik. Schon damals wurde, genau wie heute, der gleiche Kritikpunkt wider die Phantastik geäußert: Die fremden Welten der Fantasy, Science Fiction & Co. seien purer Eskapismus, der uns von den realen Problemen ablenkt. Und Probleme haben wir mehr als genug, oder etwa nicht?

Diese Kritik greift zu kurz. Sicher, ein Ausflug nach Mittelerde hilft nicht bei der Bewältigung der Klimakatastrophe. Aber er hilft uns, Kraft zu sammeln für die nächste Hiobsbotschaft über Hitzesommer, Waldbrände und CO_2-Ausstoßrekorde. Darüber hinaus sind phantastische Welten vielleicht nicht wahr, aber sehr wohl wahrhaftig: Sie zeigen uns, dass jeder Einzelne das Geschick der Welt beeinflussen kann („Der Herr der Ringe"); dass jede Technologie Chancen und Risiken zugleich birgt („Die Zeitmaschine"); dass das, was wir nicht verstehen, nicht automatisch böse ist („Frankenstein").

Seit es uns Menschen gibt, blicken wir hinauf zu den Sternen und stellen uns vor, was es da draußen alles geben mag. Wenn Sie Lust haben, einige dieser anderen Welten zu besuchen, dann schauen Sie gerne bei uns vorbei. Unsere Veranstaltungen finden im Potsdamer Urania Planetarium statt, wo an die Kuppeldecke projizierte Sternenflüge und zu den Texten passende Bilder für die perfekte Atmosphäre sorgen.

Wir freuen uns auf Sie.
Und nun viel Spaß beim Lesen!

Tobias Radloff (Hrsg.)

Alle weiteren Informationen finden Sie unter
www.potsdams-andere-welten.de

Tankstopp Pluto

Kurzgeschichte

Von Thomas Frick

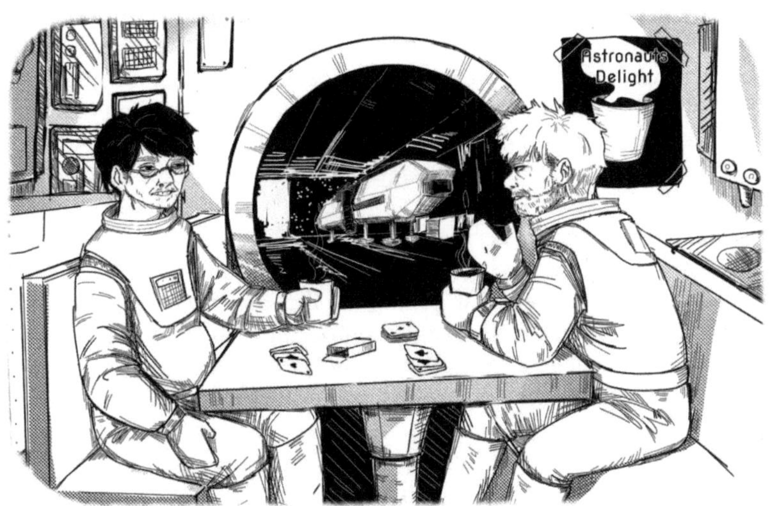

So ein Jahr kann einem lang werden, auf Pluto", sagte Iop. Das war kein Witz. Denn die meiste Zeit passierte hier draußen nichts. Ob sein Besucher die Anspielung begriff? Ein Umlauf um die Sonne entsprach mehr als zweihundertfünfzig Jahren auf der Erde. „Willkommen im Tankstopp, an der Route 66.“

Iop unterhielt seine Kunden gern mit Sprüchen, die mit Filmen vom dritten Planeten zu tun hatten. Der guten alten Erde. Auch weil er sie selbst niemals würde besuchen dürfen.

Wollte er per *LaserNet* mit einer Station der sonnennahen Siedlungen telefonieren, musste er immer stundenlang auf Antwort warten. Daher war jeder Gesprächspartner vor Ort eine Wohltat. Wenn überhaupt jemand ausstieg und dann auch noch den Mund auf bekam.

„Einmal volltanken und den Ölstand prüfen?“, fragte er.

Der Pilot des Tiefraum-Frachters der *Belt Resources & Energy* Flotte zwängte sich aus seiner Luke. Er war, soweit Iop das Gesicht hinter dem Visier erkannte, ein braungebrannter Mittsiebziger. Also umgerechnet um die dreieinhalb Pluto-Monate alt. Die stämmige

Figur im Raumanzug verriet, dass er vermutlich von der Erde stammte. Der Mann stutzte kurz, dann grinste er breit. „Ölstand? Ja, und checken Sie auch die Windschutzscheibe. Ich habe gestern einen Mückenschwarm erwischt."

Iop musste grinsen. Endlich einer, mit dem man sich unterhalten konnte. „Wir können auch unter die Haube schauen." Er wischte die gepanzerten Hände an seiner imaginären Mechaniker-Schürze ab. Die Bots machten sich an die Wartung und das Betanken des Eis-Frachters, der dampfend und knisternd im Hangar lag.

„Wenn es nichts ausmacht", sagte der Fremde. „Der Vergaser hat ein paarmal gestottert."

„Haben Sie gerade Vergaser gesagt?" Einen, der noch solche Begriffe kannte, vergessene Worte aus alten Filmen, hatte Iop hier noch nie gehabt. Vielleicht gelang es, ihn in ein Schwätzchen zu verwickeln. Ein wenig zu plaudern, über alte Western oder Roadmovies. Vielleicht gelang es aber auch, ihm Informationen zu entlocken, über sein Woher und Wohin. Echte Informationen, aus erster Hand.

„Kommen Sie auf einen Sprung in mein Büro und trinken Sie einen Kaffee mit mir! Wir haben Zeit."

„Haben Sie denn echten?"

„Schön wäre es. Hatte mal welchen, den ein Erder vorbeibrachte. Hab ihn gegen ne Handvoll Diamanten eingetauscht. Die vom *Dritten* sind ganz wild auf die Klunker. Hier liegt das Zeugs nur rum."

„Vom *Dritten* ...?"

„Vom dritten Planeten."

„Dann sind wir hier wohl auf dem *Neunten*?" Der Mann war einfach nur großartig. Wer nahm Pluto schon noch ernst? Diese Murmel, die nichts als ein Tankstopp war? Iop reckte sich. „Genau. *Last, but not least*. Wie bei Beethoven, die Nummer Neun! Unvollendet und schön."

Der Fremde lachte. „Ein Planet der Götterfunken!"

„Das sehen Sie aber so was von richtig! *Cthulhu, Meng Po, Balrog*, das sind alles Götter! Und die Namen von Orten, hier bei uns. Jedenfalls war dieser Kaffee damals das Beste, was ich je in der Tasse hatte. Ist leider ausgegangen. Seitdem schlürfe ich wieder, was mein Cycler so für Kaffee hält."

Ein Moment des Schweigens trat ein. Der Raumfahrer drehte sich auf dem Absatz um, hopste über den Steg zurück zur Einstiegsluke und verschwand darin.

„Hab ich was Falsches gesagt?"

„Nein, nein. Moment. Bin gleich bei Ihnen."

Iop hörte ihn im Helmlautsprecher ächzen und irgendwo kramen. Er schaute sich das Schiff genauer an. „Ihr Frachter sieht ganz schön verbeult aus."

„Hab ihn so übernommen, das kommt vom vielen Andocken."

„Und *Begegnungen der dritten Art*?"

„Haha, nein. Ist halt schon dem einen oder anderen Staubkörnchen begegnet."

„Für mich wäre das nichts."

„Was denn?", klang es aus dem Helm.

Iop überlegte, wie er es am lustigsten sagen konnte. „Mücken. Bei dem Gedanken, öfter als nötig durch Asteroidenfelder zu müssen, wird mir ganz mulmig."

„Ach nein. Man gewöhnt sich. Bin sofort wieder bei Ihnen."

Iop nickte in seinem Anzug, obwohl es der andere nicht sah. „Bin eher nicht so der Abenteurer, brauche Boden unter meinen Füßen."

Der Pilot kletterte aus dem Schiff und schwenkte ein goldglänzendes Päckchen. „Heißwasser haben Sie doch?"

„Frisch vom Gletscher, direkt vor der Tür."

„Oh ja, Sie Glücklicher sitzen an der Quelle."

Frischwasser war ein begehrtes Gut. In der nächsten Viertelstunde würden ein paar tausend Hektoliter vom Besten in dem verbeulten Frachter verschwinden. Aus Iops Aufbereitungsanlage, gleich nebenan. Herausgefiltert aus dem betonharten Gemisch von gefrorenem Stickstoff, Methan und Kohlenmonoxid, das die *Tombaugh*-Ebene bedeckte. Er breitete die Arme aus.

„Willkommen! Pluto ist der Gott des Reichtums und des Überflusses. Ausgenommen natürlich Bohnenkaffee. Ist der vielleicht von der Erde?"

„Original. Hier steht es. Gepflückt in Costa Rica."

Iop spürte, wie sein Herz einen Hüpfer machte. „*Costa Rica*. Wie das klingt."

Der Pilot hob im Gehen den Daumen vor Iops Visier. „Frisches Wasser und frischer Kaffee. Wir kombinieren unsere Ressourcen."

„Haben Sie den dort gekauft?"

„Nein, unterwegs, im Supermarkt. Fragen Sie aber nicht, wo."

Aber, verdammt nochmal, genau das interessierte Iop am meisten! „Nein nein, das ist natürlich Ihre Sache. Geht mich nichts an. Wohin fliegen Sie denn so?"

Jetzt musste der Andere lachen. „Tut mir wirklich leid. Auch geheim."

Dabei wedelte er leichthin mit der Hand. Wie Iop zu erkennen meinte, in Richtung *Outer Belt*. Er fühlte eine Gänsehaut über seine Arme kriechen, als hätte er kleine Tierchen im Anzug.

Ein neues, tieferes Schweigen entstand. Warum war es mit den Jahren so schwer geworden, einfach nur miteinander zu reden? Sie gingen nebeneinander her. In der Wartungshalle, an dessen Ende sein Bürocontainer lag, wäre Platz für zwei große Frachter gewesen, das hatte Iop allerdings noch nie erlebt. Der Verkehr hielt sich in Grenzen.

Der Fremde mochte nett sein. Aber na ja. „Verstehe schon. Manche haben ihre Vorschriften."

Der Pilot machte eine bestätigende Geste mit den Armen.

Schade. Es gab so viele Projekte da draußen, von Regierungen, Companies, Privatleuten und Abenteurern – alle brauchten sie Treibstoff. Verwandelten Wasser in Plasma. In Geschwindigkeit, Energie. Geld. Macht und Zukunft. Projekte halt. Keiner redete gern.

„Will Sie ja nicht ausfragen. Sitze eben manchmal ein bisschen auf dem Trockenen."

Am Ende der Welt, hätte er gerne hinzugefügt. Aber das hätte so nicht gestimmt. Denn das begann erst da draußen. Da, wo der Andere vielleicht hinflog.

Der Fremde sagte: „Allzu oft kommt wohl keiner bei Ihnen vorbei. Was machen Sie die ganze Zeit?"

„Alte Filme sehen. Die Neuen mag ich nicht."

Als der Besucher den Kopf hinter dem Visier schräg legte, fügte Iop hinzu: „Die Neuen sind nur noch damit beschäftigt, einem was anzudrehen. Verstehen Sie, was ich meine?"

„Nicht so ganz."

„Zu viel Manipulation, zu viel Verarsche, Verkaufsmasche ... man fühlt sich – ich weiß nicht."

„Als Nutzvieh?"

„Genau! Kommen Sie rein!" Iop hielt dem Mann das Schott zur Schleuse auf und wartete, bis es sich hinter ihnen zuzog. „Ich liebe Filme von der Erde. Wie sie früher war. Auch wie man sich vorgestellt hat, wie wir heute sind."

Der Fremde lächelte. „Ich frage mich manchmal, wenn ich allein durch das All treibe, um mich herum nur die Sterne, ob es das wert ist."

„Was meinen Sie damit?"

„Nun ja, was uns hierher verschlagen hat."

„Frag ich mich nie. Ich mache meine Arbeit."

„Ich meine, die Menschheit an sich. Denken Sie nie darüber nach?"

„Wir expandieren. Jede Kakerlake macht das." Iop wartete, bis das grüne Licht anging, dann nahm er den Helm ab und hängte ihn neben die Tür.

Der Pilot tat es ihm nach. Er war ein Mann in den besten Jahren. Lachfältchen. Sein Kaffeepäckchen, welches sich draußen im Vakuum nicht einen Millimeter ausgedehnt hatte, ließ ein wohliges Zischen ertönen, als er es aufriss. Iop schloss die Augen. Ein Duft, für den man töten könnte.

„Waren Sie einmal dort?", fragte der Pilot. „Auf dem *Dritten*?"

Iop konnte ein Seufzen nicht unterdrücken und zeigte auf seine schlaksigen Beine. Erder verstanden das oft nicht. „Die Gravitation. Ein G würde mich zu Brei zerquetschen. Bin auf dem *Vierten* geboren."

„Mars, verstehe. Welche Gegend?", wollte der Pilot wissen.

„*Sacra Mensa*."

„Nein! In den *Kasei Valles*! Die Aussicht! Im *Sharonov*-Krater hab ich meine Frau kennengelernt, anno 2212. Beim Schwimmen. Wie lang ist das her? Oh je, die Zeit ... Damals war die Luft noch dünn, selbst im Tal. Wie ist es denn heute dort?"

Iop senkte den Kopf. „Keine Ahnung. War lange nicht drüben."

„Keine freien Tage?

„Bin immer hier." Er blickte zu Boden, damit der Fremde ihm nicht in die Augen sah. „Würde mir da wohl inzwischen auch die Gräten brechen."

„Trainieren Sie denn nicht?"

Iop zuckte trotzig mit den Schultern. „Bin einfach *nur* noch hier."

„Oh."

„Ist schon okay. Ich fühle mich gut. Die *Leichtigkeit des Seins* und so. *Dolce vita. Pluto puto!* Kann nur nicht mehr zurück, nach so vielen Jahren. Bin quasi hängen geblieben, auf der Murmel."

„Ja, Pluto ist ein Zwerg. Aber schön. Im Anflug war die Atmosphäre so blau, ich dachte, ich sehe die Erde."

„Ist bloß der Stickstoff."

„Schon klar. Im Gegenlicht. Selbst Charon hat mitgespielt, sah beinahe aus wie Luna."

Der Fremde war also tatsächlich aus dem *Belt* gekommen, dem sagenumwobenen Asteroidengürtel, und an Charon, dem größten Mond vorbei. War der Sonne entgegengeflogen. Nur so sah man Pluto als schwarze Scheibe, mit dem blauen Ring.

Iop hantierte mit dem Kocher. „Charon hab ich noch nie gesehen. Steht immer fest auf der hinteren Seite. Verrückt, was? Sie sind nicht etwa von X hier her, oder?" Das Wasser begann zu brodeln.

Der Fremde runzelte die Stirn. „Wie?"

„Na ja, vom *Zehnten*?"

„Hey, mein Freund. Da sag ich gar nichts zu."

„Ach kommen Sie. Da draußen ist nichts weiter? Nur Brocken? Aber alle reden von ihm. Gibt es ihn oder nicht? Ihr habt ihn doch gefunden. Schon vor Ewigkeiten."

Der Pilot räusperte sich. „X existiert nicht."

„Ja sicher. Aber jeder weiß es."

Sie schwiegen. Iop verfluchte sein neugieriges Plappermaul. So brachte man niemanden zum Reden. Leute von X, so hieß es, würden niemals plaudern. *Falls* es den letzten großen Planeten da draußen geben sollte. Eine verschworene Gemeinschaft waren die. Ein geheimer Verein, so wurde gemunkelt. Manche meinten, sie seien die Wächter eines Ortes voller sagenhafter Reichtümer. „Es gibt ihn, stimmt's? Den *mierda planeta de oro*."

Der Pilot seufzte, als müsste er es einem Idioten erklären. „Ehrlich mal. Warum sollte man eine solche Entdeckung verschweigen?"

„Na, wegen dem ganzen Gold."

„Und dann?"

Iop überlegte. „Das könnte die Wirtschaft sprengen. Goldrausch! Jeder Irre mit einem Triebwerk unter dem Hintern würde alles stehen und liegen lassen, um noch was abzukriegen."

„So einen Unsinn glauben Sie?"

„Keine Ahnung. Was weiß ich?" Seit den Anfängen der Raumfahrt gab es keine Wahrheit mehr, nur noch Behauptungen und Fakes.

Iop sagte: „Einmal ist einer vorbeigekommen, zum Wasserfassen, der hat sogar behauptet, die Erde sei tot. Schon lange. Ein verbrannter Klumpen Stein. Hat Fotos gezeigt."

Der Pilot zuckte geringschätzig mit den Schultern. „Na ja, ich bin da geboren. Schule. Abitur. Raumfahrtakademie. Alle paar Jahre besuche ich meine beiden Väter. Oder wir machen Ferien, im Wald und am Meer, meine Frau und ich. Glauben Sie mir. Sah alles noch gut aus, beim letzten Mal."

„Sicher." Iop bemühte sich, die richtige Mischung aus Spott und Herablassung in seine Stimme zu legen. „Das müssen Sie mir wohl erzählen."

„Ja, und die Russen waren zuerst auf dem Mond! Und auf X verkaufen wir Pluto-Wasser an Aliens. Na sicher. Und Lollis."

Sie blickten aneinander vorbei.

„Sie dürfen mir ja eh nichts sagen." Iop griff nach der Kanne und goss ein.

„Und Sie würden mir nicht glauben."

Iop musste grinsen. „Ja."

Der Fremde lehnte sich zurück. „Letztes Jahr im Mai war ich in Europa."

„Auf Europa."

„Nein. Dem Kontinent."

„Ach ja, richtig. Auf der Erde."

„Schon mal Frisbee auf einer echten Blumenwiese gespielt?"

Sicher, dachte Iop. *Damals*. Er sagte: „Ich war sogar Jugendmeister. Im Discgolf. Auf dem Mars. Da gibt's auch tolle Parcours. Mit echten Blumen."

Der andere pfiff anerkennend. „Ich liebe diesen Sport. Und wie ist es hier?"

Iop sah traurig zum Fenster. „Ohne Atmosphäre und fast ohne Gravitation? Auf Pluto sind die Scheiben einfach weg. Ganz abgesehen von dem lästigen Anzug." Er spürte einen Stich im Herzen. Es gab schon Dinge, die ihm fehlten.

Der Fremde berührte ihn am Arm. „Tut mir leid."

„Ach, warum denn? Ich bin eh nicht der gesellige Typ. Auf der Erde gab es früher Leuchtturmwärter. Sagt Ihnen das was?"

„Natürlich. So fühlen Sie sich?"

„Na ja, Schrankenwärter, Tankwart, Eremit – so was eben. Wir sind wohl eine eigene Spezies. Ab und zu kommt einer vorbei, der mir was Lustiges erzählt. Das reicht dann für die nächsten Wochen." Iop rührte um und sog den Duft ein. „Echter Kaffee mit frischem Wasser."

Der Fremde musste lächeln. „Nicht diese Schiffsplörre. Die schon hundert Mann vor einem gesoffen haben. Können Sie denn keinen kaufen?"

Iop zuckte mit den Schultern. „Natürlich liefert mir AMAZON, was ich will. Oder ALIBABA. Nach neun Stunden hab ich schon eine Antwort auf meine Bestellung. Nur der Versand – der dauert länger."

„Immerhin."

Iop schüttelte den Kopf. „Der Kaffee an sich kostet ja nix. Das Porto ist das Problem. Da wäre ich schnell pleite. Bin nur ein kleiner Angestellter."

Die Tankanzeige meldete, dass der Frachter halb befüllt war. Bald würde der Pilot einsteigen und zurück an den Rand des Sonnensystems rasen. Der Fremde trank in kleinen Schlucken, setzte die Tasse ab und machte eine Geste mit der Hand. „Was solls, Iop. Weil Sie ein netter Typ sind. Scheiß auf die Vorschriften. Sie hören gern Geschichten, na gut. Muss ja nicht stimmen, was ich erzähle. Meine Frau lebt dort und forscht. *Linguistik*."

„Sprachwissenschaft. Da draußen?"

„Ja, das wundert Sie, nicht wahr? Auf X. Die Aliens sind nicht wie wir. Keine Arme, Beine, überhaupt keine Körper oder Augen, nichts. Keine Fragen, Grüße, kein Hallo. Es sind Schwingungen, die meine Frau entschlüsselt. Jeden Tag anders. Man weiß nie, wer mit einem redet. Pilzgeflechte, in Schwerkraftschleudern – so kommen die in der Welt herum. Hinterlassen Sporen, so einen ekligen rostigen Staub. Schmutz, im Grunde genommen. Aber sehr neugierig. Woher die ursprünglich sind, hat noch keiner verstanden. Unscheinbarer rötlicher Dreck, den man kaum ernst nähme, würden die nicht versuchen, zu kommunizieren. Und", jetzt kicherte der Fremde, „so viel ist klar: Die suchen kein Gold. Nicht wie Cortés in Amerika. Die wollen was zu naschen – und Wasser." Er lehnte sich zurück und rührte in seiner Tasse.

Iop ertappte sich dabei, dass sein Mund offen stand. Langsam, so unauffällig wie möglich, schloss er ihn.

Der Fremde trank vorsichtig, damit der Kaffeegrund unten blieb, und sagte: „Denen *was verkaufen* ist auch nicht das richtige Wort. *Belt Ressources & Energy* gibt ihnen Glukose, da stehen die drauf, wie kleine Kinder. Gibt's aber in den Mengen nur auf der Erde, braucht Landwirtschaft. Die Company schafft das Zeug mit Tankern ran. Die sind ganz wild danach, ich meine – was die Frau so erzählt. Und natürlich fahren sie auf das da ab." Er deutete durch die Wand auf den Frachter. „Wasser. Aber niemand weiß nun, wie es weitergehen soll. Sagen ja nicht *danke* oder so. Oder dass wir sie zu unserm Anführer bringen sollen. Saufen und fressen nur, auf unsere Kosten."

„Aber die Regierung weiß doch Bescheid. Oder?"

Der Pilot verzog das Gesicht. „Welche glauben Sie denn, wäre zuständig?"

„Weiß nicht."

„Ja, das ist die Frage. Ich weiß es auch nicht. *Belt Ressources* ist multinational."

„Aber irgendwer muss Bescheid wissen. Nein?"

„Na ja sicher, die Firmenzentrale in Costa Rica. Die weiß vermutlich, dass wir da draußen *biologische Phänomene* untersuchen." Er wackelte vage mit der Hand.

Iop trank, verschluckte sich und unterdrückte den Husten.

Der fremde Raumfahrer sagte: „Intelligent sind sie ja. Soweit ich das einschätzen kann. Mit unseren Mathematikern verstehen die sich gut. Die lernen von einander. Was auch immer. Schwerkraft-Kram. Zahlen. Aber das läuft nicht so, na ja, *dezimal*, wie bei uns. Einer der Professoren hat gesagt, bei denen kommt die Null erst am Ende der Primzahl. Schwer zu verstehen. Weiß auch nicht, ob ich das glauben soll. Wird eher einen Witz gemacht haben. Bin halt auch nur ein Wasserträger mit Pilotenlizenz."

Sie nickten einander zu. *Wir hier unten, verarscht von denen da oben.*

Iop fühlte seinen Puls, wie er dröhnte. Vielleicht würde der Fremde ihn nun töten müssen? Das gab es doch nur in alten Filmen, oder? Er stellte seine Tasse in den Spüler. „Das war mal eine heftige Geschichte. Würde ich sie *glauben*, würde ich sagen, die Pilze sind clever. Sie untersuchen die Company. Oder?" Warum konnte er nicht einfach den Mund halten!

„So könnte man es auch sehen."

Iop winkte mit der Tasse. „Noch einen?"

„Einer reicht. Behalten Sie die Packung.“

„Nicht Ihr Ernst!“

„Keine Widerrede.“

„Das mit den Diamanten stimmt aber nicht.“

„Schon klar. Brauche keine.“

„Nein? Stimmt es denn, dass es da so viel Gold gibt?“

Der Pilot erhob sich und hopste zum Fenster. „Schauen Sie mal raus.“

Iop folgte seinem Blick. „Ja?“

Unter dem Fenster der Versorgungsbasis – der einzigen, vor den endlosen Weiten des *Belts* – erstreckte sich eine weiße Wüste.

„Was sehen Sie?“

„Jeden Tag dasselbe. Einen winzigen Teil der *Tombaugh*-Eisfelder. Meine neue Heimat. Das geht noch ein paar hundert Kilometer weiter so. Gibt schönere Gegenden auf Pluto. Ich mach manchmal Ausflüge nach *Pandemonium Dorsa* oder *Venera Terra*.“

„Zu den Hotels, für die Touristen?“

„Hhm, ja. Gehe ins Kino, Casino, und, na ja.“

Der Pilot nickte. „Verstehe schon. Was fürs Herz.“

„So ungefähr. Dauert immer ein paar Stunden, bis ich was anderes als Eis zu sehen kriege. Ist auch sauteuer.“

„Sie sitzen also auf einem Wassereisberg von der Größe eines Kontinents, und das am Rande des Sonnensystems.“

Iop bejahte. „Das ist das Problem.“

Der Pilot lachte. „In ein paar Jahren, mein Freund, egal wann, aber wenn es hier richtig losgeht, wird das“, er wischte mit der flachen Hand über die Scheibe, „die Grundlage für *alles* sein. Um Wasser wird es gehen.“

„Meine Tankstelle?“

„Ja. Sie fragten nach Reichtümern. Auf X gibt es ein bisschen Stickstoff und ansonsten fast ausschließlich Gold. Kein Scherz. Deshalb ist er so schwer und klein und nicht zu finden. Wer braucht schon Gold?“

Iop kicherte verhalten. „Die Pilze schon mal gar nicht.“

Der Fremde setzte, ohne zu antworten, seinen Helm auf. Die Skalen zeigten an, dass sein Frachter voll betankt war. Iop folgte ihm hinaus auf die Plattform und verabschiedete sich.

Er winkte dem Piloten nach und sah zu, wie sich die Bots und Versorgungsleitungen zurückzogen. Der wuchtige Frachter glitt auf seinem Bett aus gefrorenem Stickstoff durch das Tor in die Eiswüste hinaus. Draußen zündeten die Plasmatriebwerke. Der Hangar erzitterte, und das Schiff schrumpfte lautlos zu einem Punkt zwischen den Sternen.

Iop wollte zurück in sein Büro gehen und sich an die Abrechnungen machen. Er musste prüfen, ob der Tanker korrekt überwiesen hatte. In solchen Dingen war der Vorstand pingelig.

Da bemerkte er etwas auf der Startbahn. Dort, wo das Raumschiff während des Tankstopps gelegen hatte. Ein fahler, rötlicher Belag. Vielleicht war es Staub, vielleicht auch Rost, abgerieben vom Rumpf des alten Frachters. Etwas davon vermischte sich mit dem Schnee, der durch die Tore herein wehte, und fraß sich sofort in die Tiefe.

Iop würde dem Wartungsteam Bescheid geben, das dann vielleicht in ein paar Wochen vorbeikommen würde, um nach dem Rechten zu sehen.

Iop freute sich schon darauf. Es ging doch nichts über einen interessanten Besuch.

„Tankstopp Pluto" erschien erstmals im
„SPACE Raumfahrtjahrbuch 2021" des Vereins
zur Förderung der Raumfahrt e.V.

Houston Hall – Schatten der Vergangenheit

Roman (Auszug)

Von Mary Cronos

Kapitel 1

Freitag, 24. Mai 1963, Houston Hall

Ein heftiger Wind blies durch die dürren Äste der Buchenallee. Über den Himmel zogen dunkle Wolken. Es war nur noch eine Frage der Zeit, bis Regen den Boden der Einfahrt aufweichen und den Garten von Houston Hall in ein schmutziges Grau tauchen würde. Schottischer Frühling. Er zeigte sich von seiner besten Seite.

Heute fiel es Anthony nicht schwer, seiner selbstauferlegten Haft nachzukommen. Er wandte seinen Blick vom Fenster ab und ließ ihn über die unzähligen Bücherregale gleiten. Hier drinnen war er in seinem ganz eigenen Garten, in dem immer die Sonne schien. Zumindest solange der große alte Kronleuchter dafür sorgte. Er schritt an den Regalreihen entlang und strich mit seinen Fingerspitzen über die unzähligen Buchrücken, die seine Bibliothek zierten. Ein Garten voller Früchte. Das schönste ‚Draußen‘ in seinem ‚Drinnen‘. Der einzige Weg, seinen goldenen Käfig verlassen zu können, ohne einen Fuß in diese düstere, ungastliche Welt da draußen zu setzen.

Käfige waren nichts Schlechtes. Raelyn hatte einst einen Vogel in einem Käfig gehalten. Es war dem Tier gut ergangen, aber Raelyn ließ es frei. ‚Ein Vogel im Käfig ist sicher‘, hatte sie gesagt, ‚aber dafür wurde er nicht geschaffen.‘ Mit einem Lächeln auf den Lippen hatte sie die Tür des Käfigs geöffnet und dem Vogel nachgesehen, als er davonflog.

Anthony hatte ihr nie davon erzählt, wie er ihn wenig später gefunden hatte. Er hatte den Kampf gegen einen stärkeren Gegner verloren.

Wie Raelyn ... Wie seine geliebte Schwester. Er vermisste sie so sehr.

Käfige waren nichts Schlechtes. Sie boten Schutz – Schutz und Sicherheit. Und die war Anthony wichtig. Was nützte Freiheit, wenn sie darin endete, dass man sich Gefahren aussetzte und letztlich sein Leben verlor?

„Laird Houston?“ Die Stimme war laut und harsch und ließ seinen Namen wie einen Fluch klingen. „Laird Houston?“ Die Rufe wurden immer wieder lauter und leiser, Türen wurden zugeschlagen und schwere Schritte hallten durch das Foyer. Jeden Augenblick würde Beatrix ihn finden. Die Tür der Bibliothek schwang auf und seine Haushälterin trat in ihrer ganzen, nicht unimposanten Erscheinung ein. Die Hände in die wohlgenährten Hüften gestemmt, das rundliche Gesicht bis zum weißen Haaransatz gerötet. Ihre grauen Augen – seinen so ähnlich, als wäre sie seine Mutter – funkelten ihn grimmig an. „Laird Houston! Hier sind Sie! Das hätte ich mir denken können. Ich hab Sie im ganzen Haus gesucht!“

„Und nun haben Sie mich gefunden“, gab er nüchtern zurück. Er stellte das Buch, das er gerade gewählt hatte, wieder ins Regal und schritt zum Fenster. Es sah ganz danach aus, als würde ein Unwetter über seinem Garten aufziehen.

„Sind Sie denn von allen guten Geistern verlassen? Sie haben Miss Rutherford entlassen? Die gute Claire einfach auf die Straße gesetzt? Warum – um Himmels Willen?!"

„Der Himmel hatte reichlich wenig damit zu tun, das versichere ich Ihnen." Anthony musterte die immer dunkler werdenden Wolken vor dem Fenster und wartete auf den ersten Donner.

„Ihnen ist schon klar, dass sie die Letzte war, oder? Dass nun nur noch ich übrig bin? Und wissen Sie, warum?" Sie machte eine Pause, doch er erwiderte nichts, sondern starrte nur weiter dem Unwetter entgegen. „Nicht, weil Sie alle gefeuert haben, sondern weil hier niemand mehr arbeiten, geschweige denn leben will!" Wieder eine Pause. „Die Menschen hier haben Angst vor Ihnen. Angst! Stört Sie das wirklich so gar nicht?" Sie seufzte leise, als sie die Sinnlosigkeit ihres Monologs begriff. „Vielleicht sollte ich auch gehen. Das wäre besser, als auf meinen Rausschmiss zu warten."

„Vielleicht wäre es das."

„Wie bitte?!"

Anthony hatte nicht damit gerechnet, dass sie noch lauter werden konnte. Jetzt drehte er sich zu ihr um. Ein fernes, lang erwartetes Donnergrollen begleitete seine Worte. „Beatrix. Weder diskutiere ich meine Entscheidungen mit dem Personal, noch habe ich vor, sie vor ebendiesem zu rechtfertigen. Sollte Ihnen mein Entschluss missfallen und sollten Sie sich den nun auf Sie zukommenden Aufgaben nicht mehr gewachsen fühlen, steht es Ihnen selbstverständlich frei, jederzeit zu gehen."

Sie schwieg. Der Schlag hatte gesessen und ihre Anklage pulverisiert.

„Habe ich mich klar ausgedrückt?"

„Das haben Sie, Laird Houston." Wieder gelang es ihr, all ihren Ärger in seinen Titel und Namen zu legen. Dann drehte sie sich um und ging zur Tür. Im Gehen hörte er sie noch einmal murmeln: „Das haben Sie."

Hinter dem Rücken ballten sich seine Hände zu Fäusten. Diese naive, alte Frau hatte doch keine Ahnung. Claire Rutherford hatte sich selbst disqualifiziert, sein Vertrauen missbraucht. Er hatte keine Wahl gehabt.

Man hat immer eine Wahl, Bruderherz, hallte Raelyns Stimme durch seinen Kopf.

Beatrix' Hand ruhte schon auf der Türklinke und sie sprach, ohne ihn anzusehen: „Ich erinnere mich noch gut an den jungen Laird, der Anwalt werden wollte, um Menschen zu helfen, denen Unrecht widerfahren ist." In ihrer Stimme klang nun noch etwas anderes, Mattes mit. „Den lachenden, die Gerechtigkeit liebenden jungen Mann, der auszog, um die Welt zum Guten zu verändern. Dieser junge Mann ist schuld daran, dass ich noch immer hier bin. Ich weiß, dass er noch irgendwo hier ist."

Da wusste sie mehr als er. Er hatte diese jüngere Version seiner selbst schon vor einiger Zeit aus den Augen verloren. Aber dieser junge Laird war wohl der Grund dafür, dass Beatrix immer Teil dieses Anwesens sein würde. Sie hatte ihn großgezogen. Sie war wie eine Mutter für ihn gewesen. Und nun war sie die einzige Familie, die er noch hatte.

„Aber auch wenn ich noch hier bin ... Ich kann nicht die Arbeit des gesamten ehemaligen Personals bewältigen. Wenn Sie wollen, dass ich bleibe, holen Sie Claire Rutherford zurück oder sorgen wenigstens für adäquaten Ersatz." Mit diesen Worten ließ sie ihn allein.

Das Unwetter war nun direkt über ihnen. Blitze erhellten die Bibliothek und ließen unwirkliche Schatten durch den ganzen Raum zucken. Die zuschlagende Tür klang wie ein weiterer Donnerschlag.

Anthony ging hinüber zu einem der alten, schwarzen Ledersessel und ließ sich hineinfallen. Sein Blick glitt über das angefangene Schachspiel, das auf dem kleinen Beistelltisch vor ihm stand.

Was wäre jetzt wohl dein nächster Zug, Vater?

Der wahre Laird Houston, der eigentlich in diesen Sessel gehörte, hätte es gar nicht erst so weit kommen lassen. Unter seiner Führung war Houston Hall der beliebteste Ort Dirletons und der gesamten Umgebung gewesen. Er hatte alles dafür getan, die alten Geschichten vergessen zu machen. Doch nun waren sie von Neuem erwacht: Das Anwesen sei verflucht, hieß es. Der Hausherr nur ein Schatten seiner selbst. Beatrix hatte ihm schon vor Wochen von dem Gerede im Dorf berichtet. Aber er hatte so getan, als hätte er nicht zugehört, und irgendwann hatte sie geschwiegen.

Er sei ein Untoter. Ein Geist. Ein Dämon. Es klang, als sei die Landbevölkerung Dirletons noch nicht in der Moderne angekommen. Das war er aus Edinburgh nicht gewohnt gewesen. Aber in einem hatten sie in gewisser Weise recht: Tatsächlich hatte vor einem guten halben Jahr, nein, vor sechs Monaten, drei Wochen und zwei Tagen, sein gewohntes Leben ein jähes Ende gefunden. Ein einziger Anruf hatte alles verändert.

Das Wetter damals war noch schlechter gewesen als heute: Dauerregen, nur unterbrochen von Sturmböen und Hagel – schottischer Herbst. Allison, seine Sekretärin, hatte das Telefonat zu ihm durchgestellt, ohne sich etwas dabei zu denken. Warum auch. Anrufe der Polizei waren normal in einer Kanzlei. Was ihm Inspector Abernathy allerdings mitzuteilen hatte, war persönlich: Man müsse ihm die traurige Mitteilung machen, dass sich ein Unglück auf Houston Hall ereignet habe. Man bat ihn, möglichst zeitnah zum elterlichen Landsitz zu kommen.

Ihm war klar gewesen, was das bedeutete, warum der Inspector am Telefon keine Namen aussprach und keine weiteren Informationen preisgab. Das ‚Unglück‘ musste solcherlei Ausmaß haben, dass der zuständige Polizist es vorzog, persönlich mit ihm zu sprechen. Vielleicht verdächtigte man ihn aber auch und zog ihn deshalb nicht ins Vertrauen. Beide Optionen waren gleichermaßen beunruhigend.

Er hatte die Kanzlei in New Town in Windeseile verlassen und war mit seinem Jaguar, ungeachtet des Wetters, die gut dreißig Kilometer bis nach Houston Hall gerast. Er war gefahren, als hätte er noch irgendetwas ändern oder aufhalten können. Dabei kannte er solche Anrufe nur zu gut aus seinem Kanzleialltag. Sie kamen immer dann, wenn es schon zu spät war.

Er erinnerte sich noch genau an seine Ankunft. Als er die lange Auffahrt zum Anwesen entlangfuhr, schimmerte alles rot und blau: die kahlen Buchen, die hellen Mauern, alles war in flackerndes Licht getaucht. Dazu kamen die aufgeblendeten Lichter der Streifenwagen, die sich dank des Schneeregens überall spiegelten. Inspector Abernathy erwartete ihn mit einem schwarzen Regenschirm. Ein dunkler Schatten zwischen all den Lichtern.

Danach verblassten Anthonys reale Erinnerungen und wurden ersetzt durch die Bilder und Worte aus dem Polizeibericht. Er kannte ihn auswendig.

Wort für Wort.

Bild für Bild.

(...)

Den Rest des Tages verbringt Anthony mit dem Versuch, für ‚adäquaten Ersatz‘ zu sorgen. Er arbeitet an einer Annonce für ein neues Dienstmädchen, als ihm auffällt, dass sich etwas verändert hat. Das Unwetter hat sich beruhigt. Aber das ist nicht alles. Ihn beschleicht ein ungutes Gefühl. Irgendetwas stimmt nicht.

Es ist zu still.

Und dann ist die Stille so schnell fort, wie sie gekommen ist und ein immer lauter werdendes Grollen treibt Anthony in die Schatten der Vorhänge seiner Bibliothek.

Kann das ein Wagen sein? Er erwartet keinen Besuch. Erst recht nicht an einem Freitagabend. Aus seinem Versteck heraus beobachtet Anthony den Vorplatz des Anwesens. Warum nur hatte er Duncan, den Butler, gefeuert?

(...)

Aber nur wenige Augenblicke später umkreiste tatsächlich ein Wagen das Rondell und hielt direkt vor dem Haus. Ein knallgelber VW Käfer. Das neueste Modell. Jahrgang 1961 oder ’62. Er hatte von diesem Wagen gehört, aber noch keinen gesehen. Ein deutscher Wagen, der gerade an Beliebtheit gewann. Manche Zeitungen hatten sich über seinen Namen und sein Aussehen amüsiert. Anthony fand den Schnitt großartig. Und wenn er ehrlich war, gefiel ihm auch die Farbe – wobei er sich ziemlich sicher war, dass sie nicht Teil der Standardausstattung war.

Als sich die Fahrertür öffnete, verlagerte sich sein Interesse schlagartig. Zuerst fiel ihm der schwarze, lockige Pferdeschwanz auf, dann die junge Frau, zu der er gehörte. Sie trug eine knallrote Bluse und Bluejeans. Bestimmt eine Touristin, die sich verfahren hatte. Sie passte definitiv eher nach London oder Edinburgh als nach Dirleton.

Er ertappte sich dabei, wie er nach Duncan rufen wollte, damit er ihr mit einem Schirm entgegenlief. Als es kurz darauf klingelte, verfluchte er sich im Stillen dafür, den alten Butler gefeuert zu haben.

Stockend wie eine defekte mechanische Puppe löste er seine Hände vom Samtvorhang und setzte sich in Richtung Zimmertür in Bewegung. Er sollte dafür sorgen, dass die Fremde schnell auf den richtigen Weg zurückfand. Es klingelte ein zweites Mal, bevor er das Foyer durchquert hatte.

Vor der großen alten Eingangstür blieb er stehen. Sein Körper zitterte erst leicht und dann immer mehr, je näher seine Hand dem Türknauf kam.

Die Haustür hatte ihm schon früher Unbehagen bereitet. Sie war der älteste Teil des Hauses und seit seiner Rückkehr war sie für ihn zu einer nahezu unüberwindbaren Barriere geworden. Seit Monaten hatte er das Haus nicht mehr verlassen. Houston Hall war für ihn wie eine Festung. Es gab keinen Ort, an dem er sich sicherer fühlte.

Dass er es tatsächlich geschafft hatte, die Tür zu öffnen, merkte er erst, als eine angenehm feminine Stimme „Guten Tag" sagte. „Ich dachte schon, es sei niemand zu Hause. Wie schön, dass ich mich getäuscht habe."

Anthony war nicht in der Lage zu antworten. Er starrte in ihre leuchtend grünen Augen, auf ihre verlockend roten Lippen, musterte ihre filigranen Züge, die mehr an eine detailliert gearbeitete Puppe als an einen Menschen erinnerten. Aber das war nicht alles. Da war etwas ... anderes. Vielleicht in ihrem Blick. Vielleicht in ihrer Art zu sprechen. Etwas, das ihn wie magisch in ihren Bann zog und eine seltsame Spannung entstehen ließ. Er hätte nicht sagen können, ob sie noch weitersprach. Dann veränderte sich etwas in ihrer Miene. Sie legte den Kopf schräg und ein Lächeln huschte über ihre Lippen. „Hat Ihr Laird Ihnen nicht beigebracht, wie man eine Dame korrekt begrüßt und ins Haus bittet?"

Sein Laird? Oh! Sie musste ihn für den Butler halten. Natürlich. Ein Laird würde kaum selbst die Tür öffnen. In diesem Punkt war Houston Hall wohl einmalig. Aber sah er aus wie ein Butler? Er strich seine graue Weste glatt, korrigierte den Sitz seines Hemdes und bereute, kein Sakko anzuhaben.

„Sie sind sehr schweigsam, Mister ..." Sie hob fragend eine Augenbraue und er spürte, wie er sich entspannte. Sie kannte ihn wirklich nicht.

„Duncan. Sie können mich Duncan nennen, Ma'am."

„Nun, Duncan ..." Der Name schien sie zu amüsieren. „Was hat Ihnen denn so die Sprache verschlagen?"

„Verzeihung, Ma'am. Ich nehme an, Sie haben sich verfahren. Kann ich Ihnen behilflich sein, auf Ihren Weg zurückzufinden?" Ein höflicher Rausschmiss. So war es mit Sicherheit am besten für alle Beteiligten.

„Das wird sich herausstellen", murmelte sie leise, nur um rasch hinzuzufügen: „Wenn dies hier Houston Hall ist, dann bin ich goldrichtig. Ist der Laird wohl gerade zu sprechen?"

„Ob der Laird zu–" Er unterbrach sich selbst. Jetzt nur nicht aus der Rolle fallen. Auch wenn ihm die Entwicklung des Gesprächs gar nicht gefiel. „Der Laird ist ein sehr beschäftigter Mann. In welcher Angelegenheit wünschen Sie ihn zu sprechen?"

„Ich wünsche, mich als Dienstmädchen zu bewerben." Sie lächelte erneut, und er war sich nicht sicher, ob sie seine Art zu sprechen nachahmte, um sich anzupassen oder sich über ihn lustig zu machen. „Die Stelle ist doch noch frei, oder? Mir hat gerade eine ältere Dame von ihrem vakanten Dienstmädchenposten berichtet, aber man weiß ja, wie ältere Damen sind." In Windeseile flackerten Freude, Bestürzung, Hoffnung und Verwegenheit über ihr Gesicht, und noch bevor sie geendet hatte, war sie an Anthony vorbei ins Foyer geschlüpft. Auf sie schien die Schwelle der alten Haustür keine so abschreckende Wirkung zu haben wie auf ihn. „Der Laird hat wirklich ein außergewöhnlich schönes Anwesen." Sie drehte sich um die eigene Achse und ließ dabei den Blick durch die Eingangshalle schweifen. „Baronismus mit frühen Zügen des Klassizismus. Ich würde sagen, spätes 17., frühes 18. Jahrhundert?" Ihre Frage glich eher einer Feststellung. Zumindest schien sie keine Antwort von ihm zu erwarten. Zum Glück.

Anthony war vollauf damit beschäftigt, eine Lösung für sein neues Problem zu finden. Ein Butler konnte schwerlich entscheiden, jemanden des Hauses zu verweisen, und er konnte nicht plötzlich vom Butler zum Laird werden, ohne sich völlig der Lächerlichkeit preiszugeben. Und je länger er sie betrachtete, umso wichtiger schien es ihm, sich vor ihr nicht lächerlich zu machen. Vielleicht sollte er ihr ein Handtuch oder einen Tee anbieten ...

„Wissen Sie, ich dachte mir, die frühe Katz fängt den Spatz, und bin gleich hergekommen." Sie schlenderte durch das große, helle Foyer, als wäre es das Selbstverständlichste auf der Welt. Ihre Bewegungen hatten wirklich Ähnlichkeit mit denen einer Katze. Einer Raubkatze.

„Ich glaube kaum, dass Ihnen da viel Konkurrenz droht", erwiderte er trocken und mehr zu sich selbst.

Sie schwieg eine Weile und blieb schließlich vor dem Familienportrait stehen, das zwischen Salon- und Esszimmertür hing. Er mochte inzwischen zwei Jahrzehnte älter sein als sein kindliches Ebenbild, aber da er die roten Locken und auch sonst durch und durch die markanten Züge seines Vaters trug, war seine Scharade jetzt wohl aufgeflogen. Selbst sein Kleidungsstil war ähnlich. Schon sein Vater hatte stets anthrazitfarbene Anzüge getragen. Anthony fuhr sich fahrig durchs Haar und suchte nach irgendeiner Erklärung.

„Ist das jetzt ein Kompliment an mich oder eine Beleidigung Ihres *Herrn*?" Das letzte Wort sprach sie merkwürdig gedehnt aus und ihr Pferdeschwanz hüpfte leicht auf und ab. Mehr sagte sie nicht und es fiel ihm schwer, sich zu erinnern, worauf sie da überhaupt antwortete. Glücklicherweise schien sie erneut keine Erwiderung von ihm zu erwarten. Stattdessen musterte sie noch einmal die kleine Familie auf dem Gemälde und drehte sich dann mit einem amüsierten Ausdruck auf dem Gesicht zu ihm um. Er war durchschaut. Ärger stieg in ihm auf. Er war ja nicht bei Sinnen! *Er* musste sich vor *ihr* für gar nichts rechtfertigen. *Sie* war hier eingedrungen. *Sie* benahm sich unmöglich. *Sie* hatte ihn für den Butler gehalten. *Sie* wollte eine Stelle bei ihm. Nicht umgekehrt.

Er straffte die Schultern und räusperte sich leise. Seine Hände hielt er hinter dem Rücken verschränkt. Sie sah ihn fragend an, und für einen kurzen Augenblick glaubte er, Schalk in ihren Augen funkeln zu sehen.

„Nun, Miss. Würden Sie mir freundlicherweise Ihren Namen verraten?"

„Oh, natürlich! Wie unhöflich von mir!" Als sei das ihr einziger Fehltritt gewesen. „Mein Name ist Mary Hariette Smith."

Der Roman „Houston Hall — Schatten der Vergangenheit"
ist im Fakriro Verlag erschienen.

Luk und Trug

Eine Beastseller-Geschichte

Von Jan Gießmann

Als sich die Tür öffnete, bereute ich nicht nur, geklopft zu haben. Ich bereute, mich auf den Weg gemacht zu haben, überhaupt in diese neue Welt gekommen zu sein, die nicht nur Sinn, sondern auch jedweder Ästhetik entsagte, und dass ich überhaupt diesen Job angenommen hatte. Und natürlich bereute ich meine Existenz, aber das war eine andere Geschichte.

Ich hatte mich noch nie so klein und schmächtig gefühlt wie in diesem Moment und die Worte „Angst" und „Respekt" gewannen mehrere neue Dimensionen. Vor mir stand ein Berg von einem Mann mit kantigem Gesicht und einem Blick, der mich dazu einlud zu gehen. Oder zu rennen. Hätte ich an ihm herabgesehen, wäre mir sicher der Kriegshammer aufgefallen, aber ich war von seiner bloßen Imposanz eingeschüchtert.

Mein Schweigen schien er als unhöflich zu werten: „Wolltest du auch was sagen oder nur störend klopfen?"

Ich antwortete nicht.

„Bei einem Klopfstreich musst du weglaufen, mein Freund."

Er hob den Kriegshammer, der auf der einen Seite so groß war wie eine Faust – die des Hünen wohlgemerkt, nicht meine – und auf der anderen Seite einen vierkantigen Dorn besaß.

Es ist mir bis heute fraglich, warum, aber aus irgendeinem unerfindlichen Grund gab mir der Anblick der Waffe den Mut zu sprechen: „Nun, ähem." Sprechen war möglicherweise zu hoch angesetzt.

Der Hüne legte den Kopf schief. Glücklicherweise den eigenen und nicht meinen. Ich atmete tief durch und versuchte, mich an meine Ausbildung zu erinnern. Viele Männer wurden geboren, ich war geschaffen worden. In meinem Büro hingen Belobigungen, Abschlüsse und Auszeichnungen. Wenn jemand hier bestehen konnte, so war ich das. Und so lächelte ich das Lächeln eines Mannes, der wenig zu geben, aber viel zu verkaufen hatte. „Einen wunderschönen guten Abend, mein Name ist Luk, Mitinhaber der Luk und Trug Versicherungen. Darf ich eintreten?"

Der Mann sah mich an, als würde er darüber nachdenken, welche Seite seines Hammers in meinem Gesicht besser aussehen würde. Dann zuckte er die Schultern und trat zur Seite. „Klar. Hast du schon gegessen?"

„Gegessen? Ähm ... ja, tatsächlich." Hatte ich nicht, aber in meinem Job ging man nie das Risiko ein, ein angebotenes Mahl nicht ablehnen zu können.

„Willst du was trinken?", fragte er mich, als ich die Schwelle passiert hatte und er nun hinter mir war. Die Tür schloss sich mit bedrohlichem Knarren und es wurde merklich dunkler.

„Gerne einen Becher Wasser. Vielen Dank. Darf ich mich setzen?" Ich sah mich in der Hütte um, aber die Beschreibungen würden wohl das Zeichenziel meines Berichts sprengen.

„Was kann ich für dich tun?"

„Oh, die Frage ist, was ich für Sie tun kann." Mein gewinnendes Lächeln verlor gegen seine stoische Emotionslosigkeit.

„Ich habe noch einiges an Unkraut im Garten, wenn dein schicker Zwirn schmutzig werden darf, dann ...“

„Nein, nein", ich winkte ab und legte meine Aktentasche auf den großen, teils verkohlten Tisch. „Ich komme, um für Ihre Sicherheit zu sorgen, Herr ...“

„Berlaron." Er kam auf mich zu und stellte mir einen Becher mit verhältnismäßig klarem Wasser hin. „Nicht böse gemeint, aber du gehst mir bis zum Zehennagel, wie willst du für meine Sicherheit sorgen?"

„Nicht in diesem Sinne. Ich meine, dass Sie für die Zukunft gewappnet sind, Herr Berlaron. Dass Sie abgesichert sind, sollten Sie einmal unerwartete Probleme haben."

Der Hüne nickte nachdenklich. „Eine Fallgrube vor der Tür wäre eine Idee." Er warf mir einen vielsagenden Blick zu.

Ich änderte meine Strategie. „Wenn Sie sich setzen mögen, erkläre ich gerne alles. Ich würde damit beginnen, Ihre Arbeitskraft abzusichern. Was machen Sie beruflich?"

„Ich bin im Exil." Brummend setzte Berlaron sich zu mir an den Tisch und sein Stuhl protestierte quietschend.

„Und was haben Sie vorher gemacht?" Ich holte einen Bogen hervor und schrieb schonmal den Namen in das vorgesehene Feld.

„Ich war Elitekrieger der Stählernen."

„Elitekrieger?", wiederholte ich nachdenklich. Das würde die Risikoparameter in die Höhe schnellen lassen. „Ich schreibe mal ‚Experte für nonverbale Konfliktbewältigung'."

„Was ist das für ein Blatt?"

„Ein Antrag."

Sein fragender Blick ließ mich hinzufügen: „Für eine Versicherung."

Sein Blick wurde fragender.

„Haben Sie schonmal über eine Lebensversicherung nachgedacht? Auch wenn Sie aktiv nicht mehr arbeiten – die meisten Unfälle passieren im Haushalt."

„Habe schon überzeugendere Drohungen gehört."

Ich hob schnell die Hände. Manchmal musste man wohl weiter vorne anfangen: „Nein, das war so nicht gemeint. Sie würden bei Tod Geld bekommen."

„Je Tod oder einmalig?"

Ich stutzte. „Ich ... verstehe die Frage nicht, Herr Berlaron."

„Für jeden, den ich töte, oder nur für den ersten? Oder nur bestimmte?"

„Nein, nein", wieder fuchtelte ich wild mit den Armen herum. „Es geht nicht um den Tod anderer, sondern um Ihren."

„Du ... bezahlst mich für meinen Tod?"

„Nein, im Todesfall."

„Also wenn ich sterbe?"

„Exakt."

Stille.

„Warum?"

„Naja, damit ... Ihre Familie ... oder Geschäftspartner ..." Seine Miene blieb unbewegt wie ein Stein im Hagelsturm und mein Lächeln deutete Nervosität an. „Vielleicht Freunde?"

„Du möchtest einen Anreiz für meinen Tod schaffen?" Nun schien er wirklich nachzudenken. „Das könnte neuen Wind in die Sache bringen."

Nun war es an mir, nicht zu verstehen. „Ich glaube, Sie verstehen das falsch ... Sie ... Wollen Sie gerade eine Art Kopfgeld auf sich selbst aussetzen?"

„Das war doch deine Idee."

„Herr Berlaron, wir müssten aber einen Begünstigten eintragen. Das kann nicht einfach ... also ... an den gehen, der Sie ... nun ja ... tötet."

Berlaron stutzte und schien angestrengt nachzudenken. Und während er so nachdachte, kämpfte in mir der Wunsch, meine Quartalszahlen zu erreichen und einen ordentlichen Bonus einzufahren gegen die letzten Funken Moral, die ich noch nicht losgeworden war.

Und gegen meinen erklärten Wunsch setzte sich die Moral durch.

„Herr Berlaron, die Versicherung soll Ihre Hinterbliebenen absichern. Haben Sie denn jemanden, der Ihnen wichtig ist? Dem Sie etwas hinterlassen wollen?"

Die darauf folgende Stille war schmerzhaft. Sie war nicht leer; nicht der Abwesenheit von Worten geschuldet, sondern voller Gedanken, voller Unausgesprochenem. Nicht, weil es nichts zu sagen gab, sondern weil es keiner Worte bedurfte. Erinnerungen lagen in der Luft und ich schenkte Berlaron ein paar Sekunden.

„Wie sieht es denn sonst mit der Altersvorsorge aus?", versuchte ich dann das Thema wieder auf etwas zu lenken, was nicht ganz die emotionalen Dimensionen hatte. „Damit Sie Ihren Lebensabend genießen können."

„Ich habe alles, was ich brauche."

„Wo wären wir denn, wenn jeder nur hätte, was er braucht? Was für eine traurige Welt. Nichts, nach dem man streben kann. Nichts, nach dem man sich sehnen kann."

Berlarons Blick hätte sich in der Ferne verloren, hätte es dergleichen in der beengten Behausung gegeben. „Verwechselst du das Streben nach Besitz mit dem Streben nach Glück?“

„Na ja“, ich musste kurz nachdenken. „Glück lässt sich so schlecht verkaufen. Aber dafür verkaufe ich Dinge, mit denen man Glück kaufen kann. Oder Gesundheit. Mögen Sie Gesundheit?“

Berlarons Augenbrauen hoben sich und mir erschloss sich nicht ganz, ob er über meine Frage nachdachte oder über meinen psychischen Zustand.

„Ich finde Gesundheit in Ordnung“, ließ er sich dann vernehmen.

„Das ist doch schon ein Anfang“, versuchte ich, überrascht von der doch unkonventionellen Antwort, das Gespräch weiter zu lenken. „Wir haben eine tolle Absicherung, falls Sie krank werden oder sich verletzen sollten. Oder“, mein Blick wanderte zu dem Kriegshammer, der unglücklicherweise in Griffreichweite des Hünen stand, „oder verletzt werden.“

Berlaron sah ebenfalls zu der Waffe und maß mich dann mit einem Blick, der mich darüber nachdenken ließ, ob ‚vernichtend‘ eine Steigerung besaß. „Und was soll dann passieren, wenn ich … verletzt würde?“

Ich hörte die Drohung in seiner dunkel vibrierenden Stimme, ich spürte sie in jeder Faser meines Körpers und ich fürchtete sie bis in die hintersten Ecken meines Verstandes. Aber ich war Versicherungsmakler, was sich in einer suizidal anmutenden Hartnäckigkeit äußerte, die mich erfolgreich machte – und mir irgendwann einen vermutlich gewaltvollen Tod bescheren würde, bedachte man mein Klientel.

„Schön, dass Sie fragen“, überging ich die kaum verhohlene Androhung einer kriegshammergestützten Gesichtsneuinterpretation. „Wenn Sie krank werden sollten, dann organisieren wir die besten Heiler, die uns zur Verfügung stehen. Wir sorgen für einen Transport und die Unterbringung, bis Sie wieder genesen sind.“ Aus rechtlichen Gründen nuschelte ich ein „oder verstorben“ hinterher und setzte dann fort: „Außerdem sind auch homöopathische, prämagische und alle auf dem medizinischen Placebo-Effekt basierenden Arznei- pardon, Substanzen abgedeckt.“

Berlaron hatte aufmerksam zugehört, aber doch hatte ich das Gefühl, dass ihm etwas auf der Zunge lag. Dass er höflich genug war, mich ausreden zu lassen, überraschte mich doch. Als ich schwieg, verschränkten sich seine Finger ineinander, was wirkte, als schließe sich ein Burgtor. „Wie lange hast du hierher gebraucht?"

Ich dachte nach. Die Reise lag außerhalb des plotrelevanten Horizonts, aber ich bemerkte, worauf er hinauswollte, und entschied mich zu einer geschäftssichernden Halbwahrheit mit Interpretationsspielraum: „Mehrere Stunden."

„Und wie soll ich mehrere Stunden irgendwo hinlaufen, um mir Hilfe zu holen?"

Ich lächelte. Beziehungsweise: Ich lächelte eigentlich immer. Manchmal höflich, manchmal freundlich, manchmal mit einer Spur Überheblichkeit und manchmal in Ermangelung eines anderen Gesichtsausdrucks. Aber diesmal ... diesmal lächelte ich breiter.

„Dafür erhalten Sie unseren patentierten Aua-Hahn."

Berlarons Überraschung überraschte mich nicht. Sein Gesicht stellte eine Frage.

Ich legte meine Fingerkuppen aneinander. „Ein Aua-Hahn reagiert entweder auf Blut oder erhöhte Körpertemperatur. Sie können sich den Schnabel unter den Arm, ins Ohr oder auch ..." Ich zögerte ob der teils harschen Reaktionen auf Tierquälerei in literarisch angehauchten Berichten. „Ohr und Arm sind gut. Der Hahn reagiert der Schmerzskala entsprechend mit einem Schrei, der für Menschen nicht hörbar ist, sich aber meilenweit ausbreitet und unsere Heiler aktiviert. Ein wahrer Lebensretter."

Berlaron schien nachzudenken. „Das klingt unglaublich weit hergeholt."

„Mitnichten. Unsere Heiler sind stets in der Nähe unserer potenziellen Patienten. Wir haben ein Anliegen daran, unsere Beitragszahler am Leben zu erhalten", sagte ich und fügte in Gedanken hinzu: ‚Bis sie zu teuer werden.' Um die Wahrheit zu schützen, musste man vor allem wissen, wann man aufhörte, die Lippen zu bewegen.

Berlaron seufzte. „Wenn ich eines über diese Welt gelernt habe, dann, dass es hier andere Maßstäbe gibt, was Sinn und Unsinn betrifft. Also: Wo ist der Haken?"

„Den Haken haben wir bei Kundenzufriedenheit gesetzt", frohlockte ich und schämte mich nur geringfügig für diesen Satz, der so im Skript für erfolgreiche Versicherungsmakler zu finden war.

„Meine Haken treffen eher das Kinn oder die Leber, aber jeder, wie er mag." Ein vielsagender Blick überrollte mich.

Ich entschied mich für ein entschuldigendes, aber gleichwohl versöhnliches Lächeln. „Natürlich benötigen wir einen gewissen Beitrag unserer Versicherten, um das Angebot aufrechterhalten zu können. Haben Sie irgendwelche Einnahmen?"

„Ich lebe von meinem Garten und meinen Tieren."

„Okay ... Sparbücher?"

„Ich lese nicht."

„Ähm ... Aktien."

Berlaron legte den Kopf schief.

„Fonds?"

Nichts.

„Immobilien? Also Häuser ... Abgesehen von dieser ... Hütte?"

„Wieso sollte ich mehrere Häuser haben? Ich wohne hier gut."

Ich lächelte. „Natürlich. Derivate, Optionen oder Futures?"

„Machst du dich über mich lustig?" Die verschränkten Finger lösten sich, was ich als schlechtes Zeichen interpretierte.

„Nein. Manche meiner Kunden verfügen über dergleichen. Haben Sie ... möglicherweise Rücklagen unter dem sprichwörtlichen Kopfkissen?"

„Ja", überraschte Berlaron mich, nur um dann hinzuzufügen: „Ein Beil."

Ich überlegte. Es durfte doch jetzt nicht mehr scheitern. Dann glomm eine Idee zwischen meinen Ohren auf. „Ich habe in Ihrem Garten Hühner gehört, oder?"

„Woher soll ich wissen, was du gehört hast? Aber ich habe Hühner."

„Wie wäre es, wenn wir uns darauf einlassen würden, dass Sie im Austausch für die Absicherung Ihrer Gesundheit ... sagen wir ... einen Teil Ihrer monatlichen Eiproduktion an uns zahlen? Wie viele Eier produzieren Ihre Hühner monatlich?"

„Unterschiedlich. Meine drei Hühner legen jeweils etwa drei bis vier Eier pro Woche. Außer Emma. Die legt nur zwei, aber die Arme hats auch mit dem Magen." Berlaron lächelte.

Ich auch. „Also drei mal vier mal vier Wochen, das sind dann achtundvierzig Eier pro Monat. Sagen wir, dass Sie uns für die Absicherung einen Anteil von zwanzig Prozent einräumen ... also zehn Eier pro Monat."

„Sie möchten Eier?"

„Wir finden schon eine Möglichkeit, damit Geld zu verdienen. Notfalls Ei-Futures mit variablem Hebel." Ich winkte ab, da sollten sich andere Gedanken drum machen. „Sind wir im Geschäft?"

„Wann bekomme ich den Hahn?"

„Nach Ablauf der Widerrufsfrist beginnt eine Karenzzeit, und wenn Sie diese überstanden und auch die Wartezeit bis zur Leistungserbringung abgelaufen ist, wird der Hahn beinahe unverzüglich zur Verfügung gestellt werden." Ich lächelte, als hätte ich gerade etwas Positives oder auch nur Verständliches von mir gegeben. „Wenn Sie keine Fragen mehr haben ..."

„Doch, ein paar hätte-"

„Dann kommen wir zum Vertrag. Ich habe mir die Freiheit genommen, Ihre Daten schonmal anzugeben und auch unseren ... besonderen Deal einzutragen. Sie müssen nur noch unterschreiben. Nehmen Sie gerne meinen Schreiber. Sie ... können schreiben?"

Sein Blick war nicht nur vernichtend, er schien meine Existenz aus Zukunft, Gegenwart und Vergangenheit zu tilgen.

„Verzeihung." Wieder ein entschuldigendes Lächeln. „Ich komme viel rum und da kann man nie sicher sein. Nicht, dass Sie am Ende etwas unterschreiben, das Sie nicht verstehen. Wir sind eine Versicherungsagentur und nicht die Kirche."

Mein Witz verlor seinen Humor, noch bevor er meinen Mund verlassen hatte. Meinem Lächeln wohnte nun Scham inne. „Genau, auf dieser Linie. Sehr gut. Und hier. Und dort noch. Außerdem dort, damit wir ihnen Neuigkeitstauben schicken dürfen. Herr Berlaron", hob ich effektheischend an: „Eine Freude, mit Ihnen Geschäfte zu machen. Ich bedaure, nun leider wieder los zu müssen. Hier ist meine Karte, scheuen Sie nicht, mir einen Boten auf eigene Kosten zu schicken, sollte ich Ihnen weiterhelfen können."

„Luk und Trug" spielt im gleichen Universum wie Jan Gießmanns Roman
„Beastseller: Monomythos"

Dream Corporation - Toivos Entscheidung

Kurzgeschichte

Von Inga Gögge

Am Morgen saß er mit seiner Freundin beim Frühstück. „Toivo, das kannst du nicht machen", meinte sie zu ihm.

„Warum nicht, Sakura? Es wäre doch eine perfekte Lösung. Diejenigen, die gerade ihre Ausbildung zum Dreamer machen, hätten reale Aufträge, um an ihren Fähigkeiten zu arbeiten und die Dream Corporation müsste nicht so viel Traumsand verschwenden. Bei diesem Vorschlag verliert niemand", antwortete Toivo.

„Du kennst die Leute aus der Hochstadt einfach nicht, und Herr von Hochheim ist noch einmal eine Sache für sich. Bitte Toivo, versuch etwas anderes." Sie legte ihm bei diesen Worten ihre Hände auf seine und sah ihn mit flehenden Augen an.

„Sakura, ich weiß sonst nicht mehr, was ich machen soll. Bei uns konnten Dinge geklärt werden, indem wir miteinander reden, und ich kann dieses Problem einfach nicht weiter ignorieren. Ich weiß, dass du dir Sorgen machst, aber glaub mir, ich weiß auf mich aufzupassen", antwortete er und wischte eine Träne aus ihrem Gesicht.

„Du verstehst das nicht, Toivo, hier in der Hochstadt geht das nicht so einfach wie bei euch in den Außenvierteln. Hier kann man jemanden nicht mit bloßen Worten von etwas überzeugen. Hör mir doch bitte zu!" Sie krallte sich dabei an seine Hände und die Tränen flossen mittlerweile in Strömen.

„Sakura, ich tue, was ich kann, um die Situation in den Außenvierteln zu verbessern. Er hat die Macht dazu, aber er verschwendet sie, anstatt sie sinnvoll einzusetzen. Durch meinem Vorschlag könnte die Corporation vielen Menschen nützen, und vielleicht kann er so noch mehr Leute bekommen, die die Fähigkeit besitzen. Mit ihnen könnte er noch mehr Geld verdienen", sagte er, wozu sie nur den Kopf schüttelte und ihre Locken dabei nur so flogen, genauso wie ihre Tränen.

„So sieht er die Welt nicht", antwortete sie.

„Das mag sein, aber wenn ich es nicht wenigstens versuche, weiß ich, dass ich mir das auf ewig vorwerfen werde", erwiderte er und stand auf. „Bitte entschuldige. Ich will nicht zu spät kommen."

Der kurze Weg zum Fahrstuhl gab ihm nicht einmal genug Zeit, um zu Sakura zurückzuschauen. Der Aufzug war viel zu schnell da, er ging hinein und griff an das Kreuz, das um seinen Hals hing. Der erste Gegenstand, den er aus Traumsand geschaffen hatte. Ein Beweis für das, was er zu leisten im Stande war.

Er hob den Kopf und sah das verweinte Gesicht seiner Freundin durch die sich schließenden Türen. Sie machte sich umsonst Gedanken, er konnte auf sich aufpassen, die ganzen Faustkämpfe, in die er hinein geraten war, hatte er immer gewonnen.

Aber er schluckte trotzdem in dem Versuch, den Kloß in seinem Hals loszuwerden. Die Türen des Fahrstuhls gingen bereits wieder auf. Wie so oft kam Toivo sich so verdammt fehl am Platz vor. Hier war alles vom Feinsten: Skulpturen aus Gold und Marmor, verziert mit wild funkelnden Steinen. Die Wände waren kunstvoll verziert und mit dunklem Holz umrahmt, und die steinernen Säulen, die in gleichmäßigen Abständen eine Gasse bildeten, waren von verschiedenen Blautönen und mit Goldadern durchzogen. Toivo atmete noch einmal tief durch und setzte sich in Bewegung. Diese Etage gehörte von Hochheim allein , aber Toivo war schon einige Male hier oben gewesen und kannte den Weg zu dessen Büro.

Es war wie immer beeindruckend. Diesmal bestand der Schreibtisch aus dem Holz, mit dem auch die Wände getäfelt waren. Jenseits der Fenster gleißte das Licht der Sonne. Von Hochheim stand in einem weißen Anzug vor der gewaltigen Glasscheibe. Er war fast so breit wie hoch, und mit dem Licht im Rücken sah er aus wie ein Gott, der der Welt den Traumsand gebracht hatte, damit die Dreamer daraus erschafften, was ihnen in den Sinn kam.

„Toivo, mein Junge. Du wolltest etwas mit mir besprechen?" Von Hochheim wartete Toivos Erwiderung nicht ab. „Ist dir ein neues Fahrzeug in den Sinn gekommen? Besser als das Flugauto, das du für deine Freundin geschaffen hast? Ich halte es immer noch für eine fantastische Idee. Sie eröffnet mir so viele verschiedene Möglichkeiten ..."

„Guten Tag, Herr von Hochheim, ich, äh, arbeite noch an den Änderungen, die Sie gewünscht hatten", antwortete Toivo. „Heute bin ich hier, weil ich Ihnen gerne einen Vorschlag unterbreiten will."

„Ein neuer Vorschlag? Ist er so einträglich wie dein vorheriger?", wollte der Kerl wissen. Dem ging es wirklich nur um Profit. Das konnte Toivo doch ausnutzen. Er musste nur mehr Gewicht auf diesen Aspekt legen.

„Diesmal geht es um etwas, das mir persönlich am Herzen liegt. Das euch aber trotzdem nutzen kann, noch mehr Geld zu verdienen", fügte Toivo hinzu.

„Du fängst langsam an, wie ich zu denken. Das gefällt mir, mein Junge. Also, was hast du dir überlegt?"

Toivo atmete noch einmal durch. Der Kloß in seinem Hals wollte nicht verschwinden. Aber er musste da jetzt durch. Für seinen Lehrer, die Nachbarn und vor allem für seinen kleinen Bruder. Jovin sollte es besser haben als er.

„Mir ist aufgefallen, dass bei den Übungen mit dem Traumsand der Realitätsbezug erst sehr spät kommt. Ich meine, ich bin jetzt im zweiten Jahr und habe nur deshalb damit anfangen dürfen, weil die Autos bei den Leuten gerade so hoch im Kurs sind. Alle anderen aus meinem Jahrgang arbeiten noch mit den Themen, die unser Lehrer uns vorgibt. Den kostbaren Traumsand für Dinge zu verwenden, die euch kein Geld einbringen und für nichts zu gebrauchen sind, ist doch Verschwendung, oder etwa nicht?" In Toivos Ohren hörte sich das gut und schlüssig an.

„Da hast du natürlich Recht, die Sachen, die von den jüngeren Schülern geschaffen werden, sind in gewisser Weise Verschwendung. Aber wir behalten einen genauen Überblick darüber, wieviel von dem Sand sie während der Ausbildung verbrauchen. Wenn sie fertig sind und bezahlte Aufträge ausführen, holen wir uns die Kosten dann wieder zurück. Als verspätetes Schulgeld, wenn du so willst", antwortete Herr von Hochheim.

Toivo riss die Augen auf, als er das hörte. Der Kerl war gieriger, als er gedacht hatte.

„Äh, das ist sicher auch eine Methode, um die Kosten wieder hereinzuholen", setzte Toivo wieder an. Die Aussage von Herrn von Hochheim verwirrte ihn immer noch. „Ich habe allerdings eine Idee, mit der die Dreamer in Ausbildung von Anfang an mit richtigen Aufträgen lernen können."

„So? Na, ich bin ganz Ohr", kam es von dem Herrn, der sich jetzt hinter seinen riesigen Schreibtisch zwängte. Aber er klang nicht mehr so enthusiastisch wie davor.

„Also, ich hatte mir gedacht, wenn wir in den Außenvierteln arbeiten würden, müssten wir uns an die Gegebenheiten vor Ort anpassen. Wir würden lernen, mit Problemen umzugehen, die vorher nicht absehbar waren. Und der Traumsand würde nicht für unnötige Projekte genutzt, sondern dort, wo er gebraucht würde", erklärte Toivo seinen Plan. „Der Traumsand wird nicht verschwendet. Die Situation in den Außenbezirken wird sich verbessern. Und die Dreamer sammeln Praxiserfahrung, was wir hier in der Akademie nicht können. So gewinnen alle."

„Du kommst von außen, richtig?", wollte von Hochheim wissen. Der Ton in der Stimme war jetzt ein anderer, dunklerer. Toivo unterdrückte den Drang zu schlucken.

„Ja", brachte er heraus.

„Dann vergiss deine Idee am besten schnell wieder. Warum sollte ich kostbaren Traumsand in den Außenbezirken verschwenden? Die Leute dort haben nicht genug Geld, um ihn oder die Dienste meiner Dreamer zu bezahlen. Warum sollte ich ihnen etwas geben, dass sie sich nicht leisten können? Hmm?!"

Toivo zuckte zusammen, aber er gab noch nicht auf. „Wenn die Leute mit eigenen Augen sehen, welche Macht die Dreamer besitzen, anstatt immer nur Geschichten darüber zu hören, könnte sich in Zukunft bei mehr Menschen diese Gabe entwickeln", sagte er beinahe flehend.

„Genauso gut könnte das Gegenteil passieren! Seit jeher kommen meine talentiertesten Schüler aus den Außenbezirken. Keiner weiß warum, und es interessiert mich auch nicht. Wichtig ist nur, dass es so bleibt. Und wenn ich dabei keinen Traumsand in die Rachen irgendwelcher Leute aus den Außenbezirken schmeißen muss, umso besser!" Herr von Hochheim stand wieder auf und kam vor seinen riesigen Schreibtisch.

Toivos Augen waren zu Schlitzen verengt. Wieder musste er gegen einen Schluckreflex ankämpfen. Von Hochheim nickte jemandem zu. Einen Augenblick später wurde Toivo von hinten gepackt und auf die Knie gezwungen. Er sah auf und in die kalten Gesichter zweier Anzugträger, deren Muskeln sich sogar unter den Jacketts abzeichneten. Wann waren die beiden Gorillas eingetreten? Toivo hatte nichts bemerkt.

„Ich werde niemals Traumsand an Leute verschwenden, die es nicht einmal verdient haben, von mir beachtet zu werden!", schnappte von Hochheim. „Ihr wisst, was ihr zu tun habt."

Die beiden Kerle drehten sich um und schleppten Toivo zum Fahrstuhl. Er stemmte sich dagegen, versuchte, seine Handgelenke aus ihren Griffen zu befreien, aber sie reagierten nicht einmal auf seine Versuche. Auch seine Tritte beeindruckten die beiden nicht. Toivo warf einen Blick auf die Kleidung und bemerkte, dass sie seine Kraft absorbierte. Dieser Weg war ihm also auch verwehrt.

Im Fahrstuhl versuchte er noch einmal, die Arme frei zu bekommen, dann gab er es auf. Er konnte nur abwarten, wohin sie ihn brachten. War es das, wovor Sakura versucht hatte ihn zu warnen?

Der Fahrstuhl fuhr lange, bevor sich die Tür endlich öffnete. Vor ihnen lag ein dunkler Gang. Hier war Toivo noch nie gewesen. Er schluckte und sah sich um, konnte aber kaum etwas erkennen. Das meiste Licht kam aus dem Fahrstuhl, und als dessen Türen sich wieder schlossen, blieb nur noch ein Fenster übrig, das in einen erleuchteten Raum ging. Die beiden Handlanger schleiften Toivo auf das Fenster zu und stellten ihn auf die Füße.

Der Raum auf der anderen Fenster war ein Labor, erkannte Toivo. Auf einem Tisch in der Raummitte war ein junger Mann festgeschnallt, der dabei war, etwas aus Traumsand zu erschaffen. So viele Kabel verbanden ihn mit Maschinen, dass Toivo nur mit Mühe seinen Kopf sehen konnte. Trotzdem erkannte er das abgemagerte Gesicht eines Jungen aus seinem Viertel. Er war im vorletzten Jahr an die Akademie gegangen. Toivo hatte sich gewundert, weil er ihn an der Akademie kein einziges Mal gesehen hatte. In den ersten

Wochen hatte er immer wieder Ausschau nach dem Jungen gehalten, aber irgendwann hatte er nicht mehr an ihn gedacht.

„Schüler, die ein gewisses Niveau nicht halten können, werden der Forschung überlassen. So sind sie wenigstens zu irgendetwas nutze." Herr von Hochheims Stimme kam von hinter Toivo. Der drehte sich nicht um. Er konnte den Blick nicht von dem Jungen nehmen.

„Dieser hier hält nicht mehr lange durch. Sieh gut hin, damit du weißt, was auch dir bevorsteht!"

Im Labor fing der Körper des Jungen kräftig an zu zittern. Der Gegenstand, den er zu erschaffen versucht hatte, fiel auf den Boden, und auf seinen Lippen bildeten sich rötlicher Schaum. Die drei Forscher, die die Maschinen bedienten, reagierten nicht einmal.

„Jetzt bist du an der Reihe!" Die Kälte in von Hochheims Stimme jagte Toivo Schauer über den Rücken. Seine Familie brauchte ihn. Jovin brauchte ihn. Sein kleiner Bruder würde es nicht alleine schaffen, dafür war er zu verträumt und geriet andauernd in Schwierigkeiten.

„Jedenfalls wärest du es, wenn du dich nicht als nützlich erwiesen hättest", hörte er jetzt. „Daher lasse ich dich in diesem Fall mit einer Warnung davonkommen. Aber es ist die einzige. Versuch weiter, diesem Abschaum zu helfen und du weißt, wo du landen wirst." Von Hochheim lachte. Wären die beiden Muskelpakete nicht gewesen, Toivo wäre längst zu Boden gesackt.

Die beiden zwangen ihn zum Umdrehen und fuhren mit ihm wieder in das Erdgeschoss des Turmes, wo sie ihn endlich losließen. Als Toivo seinen Beinen wieder traute, schleppte er sich nach draußen und schrieb Sakura eine Nachricht. Er wollte nicht zurück in diesen Turm. Er brauchte die Freiheit des Parks rings um die Akademie. Er hatte sich gerade an den See gesetzt, als er auch schon das Schluchzen seiner Freundin hörte. Sakura rannte auf ihn zu und umarmte ihn. Toivo war immer noch so erschrocken, dass er die Geste nicht einmal erwiderte.

„So sag doch etwas! Geht es dir gut? Was hat er dir angetan?", schluchzte seine Freundin neben ihm. Er antwortete erst, nachdem sie ihn durchschüttelte und die Frage wiederholte.

„Es geht mir gut. Er hat mir nichts getan", antwortete er. Ihre Arme schlangen sich erneut um ihn.

Toivo fasste einen Entschluss. Er konnte so nicht weitermachen.

Es kostete ihn ein paar Monate an Vorbereitung, bis er seinen Plan endlich in die Tat umsetzen konnte. Als er wieder einmal einen der regelmäßigen Termine im Forschungslabor hatte, war es so weit. Die Dream Corporation wollte die Kapazitäten seiner Begabung testen. Sie nutzten dafür immer Autos oder andere motorisierte Fahrzeuge. Das würde er nutzen.

Als er endlich im Labor stand, konnte er sich kaum zurückhalten, seinen Plan so schnell wie möglich in die Tat umzusetzen. Doch zuerst hieß es wieder warten.

Endlich waren alle Maschinen angeschlossen und die Vorbereitungen erledigt. „Du kannst anfangen", kam es aus dem Lautsprecher.

Er war jetzt allein in dem Raum. Die Forscher und seine Trainingspartnerin Sakura waren im Raum nebenan. Toivo nickte, als er die Worte hörte und begann damit den Rahmen eines Autos zu schaffen. Immer wieder musste er sich bremsen, damit sie seinen Plan nicht vorzeitig erkannten und ihn verhinderten. Er musste vorsichtig bleiben.

Der Rahmen war fertig. Jetzt den Motor. Er musste sich immer wieder zusammenreißen. Nicht zu schnell, sonst reichte es nicht. Er brauchte genug von dem Gas, damit das alles funktionierte.

Endlich war es so weit. Jetzt musste er sich wirklich konzentrieren, damit alles so ablief, wie er es geplant hatte. Toivo checkte noch einmal, ob alles so war, wie er es wollte. Dann sah er zum Fenster, hinter dem eine nervöse Sakura stand. Sie machte sich Sorgen, weil er sich in der letzten Zeit verändert hatte. Die ganze Sache vor ihr geheim zu halten war nicht einfach gewesen. Er lächelte ihr noch einmal zu.

Dann löste er die Explosion aus, die alles im Raum verschlang.

„*Nein!*", schrie Sakura. Die Wissenschaftler mussten sie festhalten, damit sie nicht in den Raum hineinrannte. Es dauerte nur Augenblicke, bis die Flammen wieder verschwunden waren, aber für Sakura waren sie eine Ewigkeit. Als die Wissenschaftler den Raum endlich freigaben, stürzte Sakura als erste hinein.

„Nein", kam es wieder nur leise von ihr, als sie sich vor die verbrannten Reste eines Menschen am Boden kniete und anfing zu weinen. Sie musste von den Wissenschaftlern wieder nach draußen gezwungen werden. Sie mussten den Raum für den nächsten Termin reinigen.

„Es geht mir gut, Sakura, mir ist nichts passiert. Jetzt habe ich die Möglichkeit, meinen Plan in die Tat umzusetzen“, hörte sie Toivos Stimme in ihren Gedanken.

„Toivos Entscheidung“ ist Teil von Inga Gögges
unveröffentlichtem Romanzyklus „Dream Corporation“

Jack Lonestar und die Rache des Arok

Roman (Auszug)

Von Martin Ahlborg

Es gibt Zeiten im Leben, da ist die wirkliche Welt um uns herum nicht sehr einladend. Stress in der Schule, Ärger mit den Eltern oder einfach wochenlang mieses Wetter können einem die Stimmung versauen. Glücklicherweise besitzt der Mensch die erstaunliche Fähigkeit, nur mit der Kraft seines Geistes neue Welten zu erschaffen, sie mit den verrücktesten Bewohnern auszustatten und dort tolle Abenteuer zu erleben – und das alles, ohne auch nur den kleinsten Finger zu rühren. Wir nennen diese Fähigkeit ‚träumen‘. Viele Erwachsene haben das Träumen bedauerlicherweise verlernt und lachen über all jene, die gerne in ihren Gedankenwelten verschwinden. Vielleicht sind sie auch nur neidisch. Ein Junge jedenfalls konnte ganz hervorragend träumen, sogar am Tag und auf dem Weg zur Schule. Hier ist sein Traum:

Sternzeit 1226,43. Position: ein kleiner blauer Planet im Solaris-System, Nordhalbkugel. Starwarrior, intergalaktischer Abenteurer, Held der Schlacht von Rigel 7, Träger des großen Milchstraßenordens und ganz allgemein die berühmteste Person diesseits von Andromeda, befand sich auf einer Mission. Vorsichtig schlich er von Schatten zu Schatten. Diese Mission war extrem gefährlich, das wusste er genau. Ein falscher Schritt und es war aus. Zum Glück funktionierte die duotronische Tarnung wunderbar. Für den beiläufigen Beobachter wirkte es, als würde ein ungefähr elf Jahre alter Junge mit dunklen Haaren, blauer Trainingsjacke und Schlabberhose in seltsamen Bewegungen die Straße entlanghüpfen und sich dabei immer wieder hinter Laternenpfählen verstecken. Natürlich waren das in Wirklichkeit Megawatt-Lasertürme, deren Sensoren Starwarrior jederzeit entdecken konnten. Aber dies war ein Risiko, an das der größte Held im Universum keinen Gedanken verschwendete, ging es doch um den Schutz seiner beiden Gefährten vor dem bösen Herrscher Terencor dem Wahnsinnigen.

Starwarrior tastete sich weiter, immer wieder entging er nur um Haaresbreite der Entdeckung. Die Schergen von Terencor hatten ihre Augen überall und sie waren hier nicht die einzige Gefahr. Spione lauerten in den dunklen Seitengassen. Monster warteten unter jedem Schachtdeckel, bereit, Starwarrior mit nur einem Bissen zu verschlingen.

Dann endlich erreichte er die Stadtgrenze. Weiter vorn begann der Dschungel von Trall. Gegen die dort wartenden Gefahren war der bisherige Einsatz nur ein Kinderspiel. Ein Schutzschild umgab die Stadt. Eigentlich war er undurchdringlich. Wer den Schild berührte, löste sich sofort in eine Molekülwolke auf. Starwarrior hielt nur kurz inne, holte dann seinen iterianischen Phasendemodulator heraus und aktivierte das Gerät. Ein blaues Kraftfeld umgab den größten Helden des Universums. Er lief direkt auf den Schutzschild zu – und dann einfach hindurch. Kurz betrachtete er das kleine Kästchen in seinen Händen. Die Iterianer waren schon schlaue Kerlchen, dachte er. Dann verstaute er es wieder in seinem Astrorucksack – eine Spezialanfertigung der Solaringenieure von Deneb 3 – und schlich weiter.

Es war totenstill, aber das war in einem Dschungel, egal auf welcher Welt, immer ein schlechtes Zeichen. Es bedeutete, dass ganz in der Nähe ein allusianischer Säbelhirsch, eine sirianische Würgeeule oder ein Killerhörnchen durch das Gebüsch schlich. Unsichtbar. Unhörbar. Doch längst hatte es die Witterung aufgenommen. Geifer tropfte vom Kinn, die Augen glühten. Nur noch wenige, lautlose Schritte, dann ist es um den Helden geschehen.

Doch im letzten Moment, als sich die Bestie schon zum finalen Sprung duckte, fuhr Starwarrior herum. Er erfasste sofort die Gefahr, in der er schwebte. Schneller als der Schatten bewegten sich seine Hände und vollführten eine geheimnisvolle Geste. Ein Knall ertönte, so laut, dass er noch Minuten später im Wald nachhallte. Die Bestie jaulte schmerzerfüllt auf, drehte sich um und floh. Starwarrior jedoch lächelte. Der Donnerschlag von Omikron Beta hatte ihm schon öfter das Leben gerettet.

Doch unser Held konnte seinen Triumph nur kurz auskosten. Das Leben der Freunde war vermutlich in höchster Gefahr. Er war schon ganz nah, das spürte er. Vorsichtig schlich er weiter, bis er an eine Weggabelung kam. Er sah sich um und sein Herz hüpfte vor Freude. Dort kamen Leondal der Weise und Fredar der Geschickte den Weg entlang. Starwarrior war pünktlich am Treffpunkt erschienen. Der gefahrvolle Weg hatte sich gelohnt, die Mission war ein voller Erfolg.

„Hallo Jungs", sagte er.

Auch die schönsten Träume müssen mal enden. Insbesondere, wenn man mit elf Jahren eigentlich viel zu cool dafür war. Und so trat nun nicht Starwarrior, sondern Jack seinen Freunden entgegen.

„Hey, Morgen", entgegnete Fred und reichte Jack die Hand.

„Guten Morgen, Jack", sagte Leonard. Er behielt seine Hände in den Hosentaschen.

Fred und Leonard waren Jacks beste Freunde. Um genau zu sein, sie waren Jacks einzige Freunde. Die anderen Kinder hielten nicht viel von ihm. Auch Fred und Leonard waren nicht sehr beliebt und das schweißte die drei zusammen. Sie liefen gemeinsam den Weg zur Schule weiter.

„Wir haben gerade über die gestrige Folge geredet", sagte Fred. Er meinte ihre Lieblings-Science-Fiction Serie im Fernsehen. Es ging da um einen Weltraumhelden, einen gewissen Starwarrior, der furchtlos die tollsten Abenteuer erlebte.

„Ja, die war cool", sagte Jack, „am besten fand ich die Stelle, wo Starwarrior sein Schiff um die Sonne fliegt, um extra schnell zu werden."

„Dem kann ich nur zustimmen. Die Darstellung der Sonnenkorona war darüber hinaus physikalisch einwandfrei, und das will etwas bedeuten." Leonard las viele Bücher, und wenn er redete, hörte es sich immer an, als würde er aus einem Lexikon vorlesen.

„Na, wen haben wir denn da? Wenn das nicht die Spender für mein heutiges Mittagessen sind!", rief eine Stimme hinter ihnen. Den drei Jungen gefror das Blut in den Adern, denn die Stimme gehörte niemand anderem als Terence. Der war ein ausgemachter Mistkerl. Es liebte es, andere Kinder zu ärgern und ihnen das Geld fürs Mittagessen abzunehmen. Leider war Terence auch der Sohn des Bürgermeisters und deshalb kam er immer um eine Strafe herum.

„So, Herrschaften, dann mal raus mit dem Geld, hopp, hopp", sagte Terence und fügte drohend hinzu: „Oder muss ich ungemütlich werden?"

„Terence, hör zu, ich brauch mein Geld heute noch, ich ...", begann Jack, aber Terence fuhr dazwischen: „Interessiert mich nicht! Geld her oder es setzt ein paar warme Ohren."

Und um zu verdeutlichen, was er damit meinte, ballte Terence die Hand zur Faust und schüttelte sie dicht vor Jacks Gesicht. Der ließ den Kopf hängen. Es hatte einfach keinen Zweck, Terence war zu stark. Sich gegen ihn zu wehren, hieß, sich ein paar schmerzhafte Beulen einzufangen. Und das Taschengeld war dann trotzdem weg. Jack kramte in seiner Hosentasche und drückte Terence ein paar Münzen in die Hand. Das hieß dann wieder Magenknurren am Nachmittag. Und dabei hätte es heute Nudeln mit Tomatensoße gegeben, die waren gar nicht so schlecht, wenn man dick Käse drüber streute.

Auch Fred und Leonard gaben Terence ihr Geld. Der grinste fies.

„Na also, geht doch. Schönen Tag noch, die Herren."

Er lief los in Richtung Schule. Nach ein paar Schritten drehte er sich noch mal um.

„Ach ja, über diese kleine Angelegenheit verlieren wir aber kein Wort, nicht wahr? Sonst denk ich mir was ganz Besonderes für euch drei aus. Eins kann ich schon verraten: Es wird euch nicht gefallen. Nein. Ganz und gar nicht."

Damit drehte er sich wieder um und lief weiter. Jack seufzte: „Na los, kommt. Es ist schon spät und wir müssen auch langsam zur Schule."

„Verdammter Terence", knurrte Fred. Leonard sagte nichts, warf Terence aber einen bitterbösen Blick hinterher.

Langsam liefen die drei in gehörigem Abstand hinter Terence zur Schule. Mit dem Klingeln betraten sie den Schulhof.

In der Frühstückspause saß Jack allein da und grübelte vor sich hin. Warum war er bei Terence nicht mutig gewesen? Sollten große Helden nicht tapfer bleiben, auch im Angesicht der Katastrophe? Und was hatte er getan? Er hatte Terence das Geld gegeben, wie so ein Angsthase. Ja genau, dachte Jack bitter, er war ein Angsthase. Und er würde wohl immer einer bleiben. Wenn er ein Raumschiff hätte und wenn er den Todesschlag von Omikron Beta tatsächlich beherrschen würde, dann hätten sicher alle Respekt vor ihm. Aber so war es nun mal nicht.

Manchmal wünschte er sich, wirklich Starwarrior zu sein. Jack und seine beiden Freunde verpassten keine Folge. Nach jeder Sendung diskutierten sie noch lange über ihren großen Helden. Starwarrior hatte überhaupt keine Angst. Es ging zum Kampf gegen einen riesigen Säbelzahnlöwen? Da zuckte der Sternenkrieger nicht mal mit der Augenbraue. Eine ganze Armee außerirdischer Zombieaffen griff an? Kein Problem für Starwarrior. Ach ja, Weltraumheld müsste man sein.

Jack erwachte aus seiner Grübelei, als er seine beiden Freunde kommen sah. Leonard und Fred waren ein seltsames Paar. Leonard war groß und sehr dünn. Das kam davon, dass er zu Hause nur ‚gesundes Essen‘ bekam. Zumindest bekam er das, was sich seine Eltern unter gesundem Essen vorstellten. Wenn Jack ihm nicht ab und zu einen Schokoriegel abgeben würde, wäre Leonard vermutlich schon zu Staub zerfallen. Leonard trug eine Brille und bewegte sich ein bisschen wie ein Roboter. Wenn er ging, hatte man den Eindruck, als müsste er jede Bewegung bewusst steuern. Ganz anders Fred. Fred gab nie etwas von seinem Essen ab, auch wenn er viel hatte. Trotzdem – und dafür beneidete ihn Jack – war er nicht dick, sondern erstaunlich durchtrainiert. Denn Freds Hobby – neben Fernsehen und Computer spielen – war Sport. Er ging mindestens zweimal die Woche zum Fußballtraining und am Wochenende musste er mit seinen Eltern lange Touren mit dem Fahrrad zurücklegen. Abgesehen von seiner Weigerung, sein Frühstück zu teilen, war Fred aber voll in Ordnung.

Jack sah seine Freunde an. Beide hatten dicke Augenringe.

„Ist wohl gestern wieder spät geworden, was?"

„Ja", erwiderte Leonard und stöhnte. „Gestern Abend kurz vor dem Schlafengehen hat irgendwer direkt vor unserem Haus einen Böller gezündet. Und dir ist sicherlich klar, was das bedeutet!"

Jack nickte, denn er wusste, was Leonard meinte. Die Eltern seines Freundes waren ein wenig ... seltsam. Zum Beispiel hatten sie sich einen Bunker in den Garten gebaut. Der Bunker war toll. Dort konnte man prima ‚Weltuntergang‘ spielen. Es war düster und roch nach dem Mehl, das im Vorratsraum in großen Säcken lagerte. Leonards Eltern hatten immer Nahrung für mehrere Monate im Bunker, denn sie hatten große Angst, dass ein Meteorit auf die Erde stürzte oder dass eine tödliche Schnupfenepidemie ausbrach. Deshalb musste die ganze Familie sofort in den Bunker rennen, wenn es irgendwo knallte. Silvester war immer sehr stressig für Leonards Eltern.

„Ich hab gestern den Drachen von Elwyndor besiegt! Zwei Stunden hab ich gebraucht. Alle meine Heiltränke waren futsch! Fast hätte es mich erwischt. Ich hatte noch drei Herzen, als das Biest endlich erledigt war. War auch ziemlich fies. Man konnte den Drachen gar nicht so besiegen. War ein Trick dabei. Hat gedauert, bis mir das klar war.“

Fred redete natürlich von seinem Lieblingscomputerspiel ‚Helden von Elwyndor‘. Das spielte er jetzt seit ein paar Monaten jeden Tag. Wenn er nicht gerade Sport trieb, machte Fred eigentlich nichts anderes, als zu Hause vor dem Computer zu sitzen und zu spielen. Seine Eltern hatten wohl nichts dagegen. Jack und Leonard beneideten ihn deswegen ein bisschen. Jack durfte immer nur eine Stunde am Laptop seines Vaters spielen und dann auch nur irgendwelche blöden Lernspiele. Leonards Eltern hatten natürlich keinen Computer im Haus. Computer verdarben den Charakter, das war ihre Meinung. Leonard sah das ein bisschen anders: „Cool! Dann steht dir ja der Weg nach Darkrealm offen. Neue Abenteuer erwarten unseren tapferen Helden!“

„Ja, das Vieh war eigentlich auch gar kein Problem, wenn man den Trick kennt! Und man darf natürlich keine Angst haben!“

Jack sah zu Boden. Im Fernsehen und in Computerspielen sah immer alles so einfach aus. Warum konnte es in der Wirklichkeit nicht auch so sein?

„Ach, komm schon“, rief Fred und klopfte Jack freundlich auf die Schulter, „lass den Kopf nicht hängen. Terence ist ein Mistkerl. Aber irgendwann kriegt der sein Fett weg, glaub mir.“

Es klingelte zum Unterricht. Die drei Jungen packten ihre Brotdosen ein und liefen in ihre Klassenräume.

(...)

Unsere drei Helden finden im weiteren Verlauf der Geschichte auf sehr mysteriöse Weise ein echtes außerirdisches Raumschiff. Ein kleiner Testflug bleibt jedoch nicht ganz unbemerkt und so müssen die drei Jungen etwas tun, wenn sie das Raumschiff behalten wollen. Sie entscheiden sich für die Flucht ins All. Es gibt nämlich eine rätselhafte Verbindung zwischen Jack und dem Schiff, und um dieses Rätsel zu lösen, fliegen die drei zu einem anderen Planeten, der Jack seltsam bekannt vorkommt. Dort landen sie im Dschungel auf einer kleinen Lichtung in der Nähe eines Dorfes. Sie beschließen, sich zu dem Dorf durchzuschlagen, um dort Antworten auf ihre Fragen zu bekommen.

Die drei schaffen es tatsächlich, Kontakt mit den Bewohnern des Planeten aufzunehmen, was aber nur noch mehr Fragen aufwirft. Die Dorfbewohner und Jack haben nämlich einen gemeinsamen Bekannten – wer das ist, soll hier noch nicht verraten werden. Als das klar wird, feiern die Dorfbewohner ein großes Fest, das bis spät in die Nacht geht.

(...)

Als Jack am nächsten Morgen erwachte, spürte er sofort, dass etwas nicht stimmte. Draußen ertönten laute Rufe. Kleine Kinder weinten und Menschen liefen hektisch umher. Die Tür wurde aufgerissen. Ein Dorfbewohner sah hinein und begann, wild zu gestikulieren und zu rufen. Er sah sehr ängstlich aus.

Jack rüttelte seine beiden Freunde wach. Leonard setzte sich auf und blinzelte. Fred drehte sich nur einmal um und murmelte: „Nur 'n bisschen noch, ja?"

Plötzlich ertönte der Schrei eines Tieres, laut und lang. Der Mann in der Tür wurde noch hektischer. Fred setzte sich auf.

„Was 'n los?"

„Da draußen ist irgendein Tier."

Die Jungen krochen eilig vom Bett herunter und griffen nach ihren Helmen. Die Anzüge hatten sie gestern Abend einfach anbehalten. Dann traten sie vor die Tür. Die Sonne stand schon hoch am Himmel. Sie mussten einen Großteil des Vormittags verschlafen haben. Wieder ertönte ein Schrei. Er kam von oben. Die Jungen sahen zur Klippe hinauf. Dort saß ein riesiges Tier. Es hatte einen langen Hals, der in einem dicken Körper endete. Die lederne Haut hatte eine grünliche Farbe. Das Tier schwenkte den Kopf hin und her, als suche es etwas.

Plötzlich drehte sich sein Kopf in die Richtung der drei Freunde. Es öffnete den Mund, schrie ein drittes Mal und kippte nach vorn. Der Mann, der sie geweckt hatte, schrie und rannte in Richtung Höhle. Die Jungen blieben wie versteinert stehen und sahen dem Tier zu, dass nun im Sturzflug die Klippe hinunter kam. Im letzten Augenblick entfaltete es riesige Schwingen, die sich knallend dem Luftstrom entgegenstellten und das Tier so bremsten. Mit zwei gewaltigen Hinterbeinen setzte es krachend auf dem Platz zwischen den Hütten auf. Dann warf es den Kopf in den Nacken und brüllte. Dabei schoss eine weißglühende Stichflamme aus seinem Schlund. Als der Schrei endete, richtete das Wesen seinen Blick auf die Jungen und machte einen Schritt auf sie zu. Fred war der Erste, der aus der Erstarrung erwachte.

„Ein Drache!", hauchte er.

Der Drache sog zischend Luft durch seine Nüstern ein. Wenn er jetzt noch einmal Feuer spie, würde er die Jungen treffen.

„Lauft!", brüllte Fred und begann zur Seite zu rennen. Als der Drache das sah, folgte er mit seinem Kopf Fred, der wie verrückt in einem großen Bogen um das Tier rannte. Der Drache spie einen weiteren Feuerstrahl und verfehlte Fred nur knapp.

„Ihr sollt rennen, ihr Idioten! Hinter den Drachen!"

Das war der Moment, in dem auch Jack und Leonard aus ihrer Schockstarre erwachten. Sie rannten in anderer Richtung um den Drachen herum. Der drehte sich inzwischen schwerfällig, um Fred weiter im Blick behalten zu können. Jack und Leonard sahen, wie Fred hinter dem Drachen hervorkam. Er rannte schneller, als Jack es je bei einem Menschen in seinem Alter gesehen hatte.

„Jack! Leonard! Ihr müsst das Vieh hinhalten. Ich hab 'ne Idee! Setzt die Helme auf!"

Dann rannte er an Leonard und Jack vorbei in Richtung des Pfades, der in den Wald führte. Der Drache hatte sich mittlerweile umgedreht und nahm nun Jack und Leonard ins Visier. Jack rammte sich seinen Helm auf den Kopf. Über das Funkgerät hörte er Fred keuchen. Er sah zu Leonard hinüber, der den Drachen ängstlich anstarrte.

„Du linksrum, ich rechts. Und los!"

Leonard verstand und sprintete in die entsprechende Richtung davon. Jack stand nun allein vor dem Drachen, der bereits wieder tief Luft holte. Er lief nach rechts. Aus dem Augenwinkel sah er, wie der Drache den Kopf drehte, um ihm zu folgen. Er öffnete das Maul und weiße Flammenzungen leckten über den Boden, dort, wo Jack gerade noch gewesen war. Der rannte weiter um den Drachen herum, bis er hinten wieder auf Leonard traf. Für den Moment waren sie in Sicherheit, aber der Drache drehte sich bereits wieder. Lange würden sie den Drachen so nicht ablenken können. Irgendwann würde er sein Ziel nicht mehr verfehlen.

„Fred, was tust du? Wo bist du?", brüllte Jack.

„Mann, schrei nicht so, ich kann dich hören. Erinnerst du dich an den Drachen von Elwyndor?"

„Was soll das Fred, das ist kein blödes Computerspiel! Wenn du eine Idee hast, dann los, aber mach! Verdammt!"

Der Drache hatte sich wieder umgedreht. Seine riesigen, gelb glänzenden Augen glühten zornig. Als der Drache brüllte, rannten Jack und Leonard los. Während er rannte, hörte Jack Freds Stimme aus dem Funkgerät: „Gebt mir noch ein paar Minuten ... bin gleich da ..."

Jack hoffte, dass Fred wirklich nur ein paar Minuten brauchte. Ihm ging langsam die Puste aus und Leonard war sowieso immer der Letzte beim Rennen gewesen. Als Jack und Leonard hinter dem Drachen zusammentrafen, keuchte Leonard: „Schaff's nicht mehr lange ... ich ... ich kann nicht mehr."

Da traf Jack eine Entscheidung: „Ab in die Höhle mit dir, Leonard. Ich halte das Vieh schon irgendwie auf."

„Nein ... geht ... nicht ..."

„Doch! Los, rein da!"

Leonard nickte und rannte zur Höhle. Ein paar Dorfbewohner, die sich im vorderen Teil aufgehalten hatten, nahmen ihn in Empfang. Jetzt stand Jack ganz allein vor dem Drachen. Und der holte gerade wieder Luft. Jack rannte, so schnell ihn seine Beine trugen. Wieder schoss hinter ihm die Stichflamme aus dem Maul des Drachens und verfehlte ihn nur um wenige Zentimeter. Deutlich spürte Jack durch den Anzug die Hitze des Drachenatems. Dann war er wieder hinter dem Drachen und blieb stehen. Endlich hörte er Freds Stimme: „Okay, ich bin bereit. Renn zur Höhle. Lass den Drachen rankommen. Wenn ich ‚jetzt' sage, renn in die Höhle, so schnell du kannst!"

„Alles klar!", japste Jack. Er war wirklich fast am Ende seiner Kräfte. Als der Drache herumschwang, rannte er los. Kurz vor der Höhle hielt er an. Er sah die Dorfbewohner drinnen, die wild mit den Armen winkten und ihn hineinriefen. Jack drehte sich um. Der Drache setzte schwerfällig die Füße um. Sein Schwanz peitschte über den Platz. Als er Jack sah, brüllte er markerschütternd und kam mit schweren Schritten auf ihn zu. Jack konnte die Erschütterungen spüren. Nur noch wenige Meter, dann hätte er ihn erreicht. Jacks Herz schlug bis zum Hals. Der Drache sog gierig Luft ein.

„Jetzt! Mach das du wegkommst!", schrie Fred. Sofort drehte Jack sich um und lief in die Höhle. Die Dorfbewohner schlossen die schweren Holztüren hinter ihm. Jetzt begriff Jack, wozu die Türen dienten. Gleich darauf machte der Drache auch klar, warum sie schwarz waren, denn fauchend entlud sich sein Drachenatem auf die Öffnung im Fels. Flammenzungen leckten durch die Spalten der Tür.

Draußen krachte es gewaltig. Dann war alles still. Die Dorfbewohner standen regungslos in der Höhle. Alle warteten auf den nächsten Schrei des Drachen, auf einen den Erdboden erschütternden Schritt, auf den Feueratem. Doch es blieb still. Nach ein paar Minuten wagte sich der erste Mann langsam zur Tür. Er zog einen Pflock heraus, der ein Guckloch verstopfte hatte und spähte hinaus. Verblüfft zuckte sein Kopf zurück. Er richtete einige Worte an die Dorfbewohner. Einige Männer liefen los und öffneten die schwere Tür. Und dann sahen auch Jack und Leonard, was mit dem Drachen passiert war. Direkt vor dem Höhleneingang lag ein großer Felsbrocken. Dahinter war der Körper des Drachen zu erkennen. Langsam gingen sie um den Felsen herum. Sie sahen, dass der Hals des Drachen darunter verschwand. Der Drache war tot.

„Na Jungs, wie hab ich das gemacht?", fragte Fred über Funk.

„Gute Frage! Wie hast du es denn gemacht?", antwortete Leonard.

„Erinnert ihr euch an den Drachen von Elwyndor? Den ich letztens besiegt hab? Ich hatte euch doch erzählt, dass da ein Trick dabei war. Man musste den Drachen unter einem Steinhaufen begraben. Gestern, als wir hier oben auf dem Hügel waren, hab ich Felsbrocken gesehen. Tja, und das ist mir vorhin wieder eingefallen. Übrigens, gut gemacht, Jack. Bist 'n prima Lockvogel. Bin gleich bei euch."

Kaum hatte er das gesagt, sahen Leonard und Jack ihren Freund den Waldpfad entlang schlendern. Als er bei dem Drachen ankam, hatten sich auch die Dorfbewohner aus der Höhle gewagt. Vorsichtig näherten sie sich dem Drachen und berührten seine Haut, zuckten jedoch sofort wieder zurück. Als Jack seine Hand auf die Drachenhaut legen wollte, spürte er schon aus einiger Entfernung die Hitze. Ein Pfeifen ertönte, das sich langsam in die Höhe schraubte. Zwischen den Schuppen des Drachen zischte Dampf hervor.

„Der explodiert gleich! Zurück in die Höhle!", brüllte Jack und rannte los. Fred, Leonard und die Dorfbewohner folgten ihm. Kaum waren sie in der Höhle verschwunden, krachte es draußen gewaltig. Ein riesiger Feuerball schoss in die Höhe und eine Druckwelle warf die Menschen ganz vorn in der Höhle um. Dann wurde es wieder still. Nachdem sich der Rauch verzogen hatte, war der Körper des Drachen hinter dem Stein nicht mehr zu sehen. Nur einzelne Knochen ragten noch in die Luft.

„Ich glaub, jetzt ist er wirklich hinüber", sagte Fred und ging zu dem Stein, unter dem der Kopf des Drachen lag.

„Ich wollte schon immer mal sehen, wie so ein Drache von innen aussieht!", rief er Leonard und Jack zu, die im Höhleneingang standen. Dann ging er um den Stein herum, machte ein erstauntes Gesicht und rief: „Hm, also das solltet ihr euch anschauen!"

Jack und Leonard kamen näher. Als sie den Stein umrundeten, sahen sie sofort, dass etwas nicht stimmte. Statt Fleisch und Knochen sahen sie Kabel, Streben und Zahnräder. In der Mitte des Kadavers lag ein großer Tank, dessen Oberteil fehlte. Die Ränder des Tanks waren ausgefranst, als ob eine große Kraft ihn auseinandergerissen hätte.

Jack konnte es nicht glauben. „Das ist ein Roboter!"

Der Roman „Jack Lonestar und die Rache des Arok"
ist bei BoD erschienen.

Stereogramm

Kurzgeschichte

Von Wolfgang Büttner

Weil ich des Ausruhens müde war, wollte ich mich in einem anderen Weltall umsehen. Neuen, von mir noch nie durchmessenen Räumen, die sich vor mir dehnten, sollte dieser Wechsel mich entgegen führen.

Dieses Universum war für mich das, was vor 200 Jahren der Südpol für die Menschheit darstellte – die *Terra incognita*.

Bei den nötigen Umbauten am Raumzeit-Transformer und der Programmierung des Bord-Computers half ein Elektroniker.

Indem von Summen vermischt mit Glockenklängen das Innere meiner Kabine von eigentümlichem Glanz überstrahlt wurde, wandte ich den Blick nach oben und gewahrte ein Schauspiel, dass mir das Blut in den Adern erstarren ließ. Himmel! Senkrecht in der Höhe war etwas. Für Sekunden schwebte ein ungeheurer ovaler Flugkörper über mir. Beim Näherkommen gewahrte ich ein Raumschiff, riesig in seinen Ausmaßen – einem Schwimmring oder Torus ähnlich. Die Klänge, die ich gleich nach dem Transit vernahm, erinnerten mich an den hellen Ton des Silberglöckchens, das früher an unserem Weihnachtsbaum hing.

Obgleich weit entfernt, schien das Raumschiff mir dennoch gigantischer als irgendeine Raumstation in meiner Galaxis.

Zunächst erkannte ich nur einen äußeren Ring, der zahllose Sternenlichter widerspiegelte sowie mal grünlich, mal bläulich fluoreszierte – möglicherweise eine Antimaterieform. Aus dem ringförmigen Rumpf lugten in regelmäßigen Abständen Düsen, dazwischen Bullaugen.

Was mich am meisten wunderte, war, dass das Flugobjekt auf mich zuraste – oder ich auf es zu.

Dann bebte meine Kabine, sie schwankte und ...

Mir war, als ob ich samt meines Raumzeit-Transformers von dem außerirdischen Schiff förmlich aufgesaugt werde.

Ich stieg aus und fand mich in einem Labyrinth aus gekrümmten Korridoren und Gängen des fremden Raumschiffes wieder. Beim ziellosen Umherschleichen wurde ich von keinem Besatzungsmitglied bemerkt. Ungesehen gelangte ich in einen Lagerraum, dessen Tür offen stand und fand dort zunächst Gelegenheit, mich hinter Kübeln zu verbergen. Warum ich das tat, vermag ich kaum zu sagen. Ein unbestimmtes Grausen vor den Außerirdischen hatte mich schon anfangs bei ihrem Anblick erfasst und war möglicherweise der Grund, warum ich mich versteckte. Ich wollte mich keinem Haufen unheimlicher Individuen offenbaren, die mir von Anbeginn kurios vorkamen, besonders weil sie allesamt alt und klein waren, nur gut halb so groß wie ich.

Kaum hatte ich mich in meinem engen Winkel verschanzt, als nahende Schritte mich auch schon zwangen, dort still zu verharren. Drei Raumfahrer tippelten unsicheren Schrittes vorbei. Das heißt, der Dritte – er lief als Letzter – machte eher einen gelenkigen Eindruck, war zudem doppelt so groß wie die anderen.

Mit ihren schmächtigen Körpern sahen die Voranlaufenden von hinten aus wie Kinder. Sie schienen von der Last ihrer Jahre schwach und gebrechlich; ihre Beinchen vermochten sie kaum zu tragen. Beide Zwerge murmelten in einer Sprache, die mehr einem Gesinge glich und die ich nicht verstand. Es war, als ob die Schritte sowie ihre schwachen Stimmchen vom moosgrün schimmernden, metallenen Fußboden und den Wänden tausendfach widerhallten.

Allerorts verstreut lagen Geräte oder Spielzeug aus irisierendem Schwermetall von altertümlicher Konstruktion, darunter ein Kompass, dessen Magnetnadel zwischen den Himmelsrichtungen schwankte.

Einer der Zwerge wühlte im Haufen dieser seltsamen Instrumente, der andere betrachtete Sternkarten.

Ihr Gebaren war ein sonderbares Gemisch von würdevollem Greisentum und der kindischen Güte von Weisen. Schließlich setzten sie sich, wobei die lange Gestalt ihnen die Polstersessel zurecht schob. Dabei bemerkte ich, dass am Hinterkopf des Letzteren ein weiteres Augenpaar saß. Schon bei seinem Gang und den ruckartigen Bewegungen kam mir die Idee, dass dies eine künstliche Kreatur sei.

An einem für mich kniehohen Rundtisch spielten die beiden Wichte dann mit winzigen, zylindrischen Klötzchen auf einem blauen Kasten, welcher an zwei Seiten Schubfächer barg. Der Vieräugige hielt sich in der Nähe zur Verfügung.

Waren derlei Dinge das Werk blinden Zufalls? Seit ich dieses fremdartige Raumschiff betrat, schienen die Fäden meines Geschicks sich in einem Punkt zu konzentrieren. Rätselhaftes Zwergen-Völkchen!

In einer Versunkenheit, deren Art und Ursache mir unergründlich war, tippelten die Insassen des Schiffes an mir vorüber, ohne mich wahrzunehmen. Ich blickte um mich und schämte mich meiner anfänglichen Bedenken. Mich zu verbergen war eigentlich eine Narretei, denn sie wollten oder konnten mich nicht sehen! Weder für die Zwergenwesen noch für ihre Roboter war ich existent!

Wie durch eine Eingebung gelangte ich zu neuer Sicht: In diesem Universum war ich einfach unsichtbar!

Nun wollte ich mich ungestört umsehen. Ich beschloss, den Ring komplett zu umrunden, dann müsste ich an der gleichen Stelle wieder ankommen, hoffte ich.

Bei meiner Erkundungstour umrundete ich den Torus genau einmal, kam aber nicht dort an, wo ich losgegangen war, obgleich ich beständig auf demselben Deck blieb. Dass es genau eine Runde war, ließ sich unschwer an den Sternbildern in den Bullaugen erkennen. Allerdings war alles, was zuerst rechts von mir lag, nun links zu sehen und umgekehrt – die Sternbilder zur einen, die Speichen des Schiffes zur anderen Seite. Also schlich ich einfach weiter. Ich versuchte, mich leise zu bewegen, schließlich hätte allerorten ein Ohr des Dionysos lauschen können. Erst nach nochmaliger Passage aller sechs Sektoren, also nach einer weiteren vollen Umrundung geriet ich an meinen Ausgangspunkt. Folglich musste dieser sonderbare Torus einem Möbiusband gleichen.

Noch merkwürdiger war die Tatsache, dass ich zu keinem einzigen Zeitpunkt meine Bodenhaftung verlor, was bei einem Möbiusband zu erwarten gewesen wäre. Egal, wo ich mich aufhielt, ob in den Sektoren des äußeren Ringes, in einer seiner sechs Speichen oder im Zentrum, bei der Achse des Schiffes – mich zog eine unerklärliche Kraft im Bannkreis dieses Schiffes Richtung Boden – eine Technologie, von der man anderswo noch Lichtjahre entfernt ist. Besaßen die Erbauer dieses Raumfahrzeuges die Macht, ihr Universum nach Belieben zu formen? Die Anziehungskraft entsprach etwa dem Wert auf der Erdoberfläche. Dies erklärte ich mir damit, dass im Fußboden Schwarze Löcher von Atomgröße stecken. Durch Rotation des Schiffes wurde jedenfalls keine Schwerkraft herbeigeführt.

Die Erbauer des Raumschiffes besaßen wirklich die Mittel, dieses unbegreifliche Universum *ad libitum* zu gestalten: Als wir nämlich an einem Schwarzen Loch vorüber rasten – so dicht, dass dessen Schwarzschild-Radius berührt wurde, geschah uns nichts. Bei solch einem Begebnis schießt dir normalerweise das Blut aus Mund, Ohren, Nase und Augen. Der Gravitation des Schwarzen Loches widerstand das Schiff spielend. Offenbar reiste diese fliegende Stadt ziellos durch das unendliche Vakuum.

Weiter ging's am Batterielager vorbei, einigen Gewächshäusern mit Robotern darin zum Saal im Zentrum des Schiffes – seine Kuppel war durchsichtig, darüber der Sternenhimmel. Was ich anfangs für ein Fernrohr in einem Observatorium gehalten hatte, war ein gewaltiges Kaleidoskop, das prächtig anzuschauen war. Sämtliche Spiegel im Kaleidoskop warfen ein farbiges Abbild des Innenlebens auf den strahlend weißen Boden.

Als staunender Betrachter konnte ich somit sogar zu meinen Füßen ein sich ständig wechselndes Mosaik bewundern. Dabei war ich nicht allein. Mehrere Zwerge lenkten schweigsam ihre Blicke gleichfalls zum Boden und hinauf zur Kuppel, die offensichtlich genügend Schutz vor kosmischer Strahlung bot.

Ihre Mienen sahen eher teilnahmslos aus. Undurchdringliche Gesichter. Sie zollten mir nicht die geringste Beachtung und schienen, obgleich ich mitten unter ihnen weilte, keine Ahnung von meiner Gegenwart zu haben.

Licht eines gerade vorbei ziehenden Doppelsternes gelangte durch eine runde Öffnung oberhalb der glockenförmigen Kuppel ins Kaleidoskopinnere, wo es auf seiner Reise durch verschiedenfarbige Kristalle, die wie von unsichtbarer Hand in Bewegung gehalten wurden, drang.

Für mich war dieses Spielwerk Sinnbild des Universums, des sich fortwährend wandelnden – ein Wunderwerk.

Ich streifte weiter durch das Raumschiff. Am Ende eines Korridors brannte Licht. Dann vernahm ich Musik und mich führte es zu einem Saal mit Leuten darin.

Inzwischen war ich so mutig, mich in die Gruppe – überwiegend Frauen – hineinzubegeben. Die Frauen waren noch eine Handbreit kleiner als die Männer. Auch sie schenkten mir keine Aufmerksamkeit. Wieder entging den Zwergen meine Anwesenheit.

Jedem stand, gleich denen, die ich anfangs beim Brettspiel beobachtet hatte und denen beim Kaleidoskop, sein hohes Alter ins Gesicht geschrieben, so als hätten diese Hyperboreer schon zu Adams Zeiten gelebt. Ihre faltige Haut war dem Wüstensand gleich, die Zähne orange, ihre Augen von der Größe der meinigen, die Physiognomien leicht asymmetrisch. Haare hatte niemand von ihnen, weder auf ihren Köpfchen, noch zierte einen der Männer ein Bart; sogar die Augenbrauen fehlten. Jede der Frauen besaß ein leichtes Doppelkinn. Anstelle der Fingernägel waren ihnen Klauen gewachsen. Ihre Gesichter konnte ich nicht unterscheiden; am ehesten ließen Frauen sich an Hand ihrer Kleider auseinander halten, bei Männern das Gleiche.

Alle waren in ein leichtes, seidenes Gewand gekleidet.

Das Muster des Teppichs schien auf den ersten Blick orientalischen Ursprungs zu sein, doch bei genauerem Hinsehen erkante ich darin ein Fraktal.

Roboter waren damit beschäftigt, den Außerirdischen ein bernsteinfarbenes, prickelndes Getränk einzuschenken oder anthrazitfarbene Kosthäppchen in metallisch glänzenden Schälchen wie aus der Puppenstube zu servieren. Wenn ein Roboter an mir vorbei stakste, hörte ich ein ganz leises Knistern, so wie von einem Gänsebraten, den man gerade aus der heißen Röhre zieht. Die Automaten hatten täuschend echte Physiognomien.

Dazu unterhielt eine Musikantin, begleitet von den Klängen einer mehrfarbigen Wasserorgel, die die Mitte des Saales ausmachte, die Gesellschaft mit dem Spiel auf ihrer fünfzehnsaitigen Harfe.

Hin und wieder stand eine Zwergin auf und machte, so als wolle sie zu den Harmonien der Harfen- und Wassermusik tanzen, schwerfällig mal einen halben Schritt vor, mal einen halben Schritt zurück, um sich dann zu einer anderen Genossin zu gesellen.

Die Trinkbecher standen in Reichweite für die Liegenden griffbereit auf niedrigen Holztischchen.

Ich war just versucht, vom spritzigen Getränk zu kosten, als die Skelettfinger der Besitzerin des Glases dieses auch schon umkrallten.

Erst jetzt merkte ich, dass ich mich im Spiegel, der zwischen zwei Gemälden hing, nicht erblicken konnte. Die außerirdischen Leute sah ich wohl darin als Gegenstück, mich hingegen nicht. Überdies fehlte mein Schatten; nirgends warf ich einen Schatten. Unterhalb des Spiegels züngelten bläuliche Flammen in einem Kamin.

Verblüffend: Die Uhr an der Wand lief verkehrt herum und sie zeigte nur zehn Stunden an.

Dem Raumschiffkommandanten – jedenfalls schien es der Kommandant zu sein – habe ich in einem langen Saal von Angesicht zu Angesicht gegenüber gestanden. Soeben hatte ein Höhergestellter sich mit mehrfachen Verbeugungen im Rückwärtsgang von ihm entfernt. Dieser Zwerg trug eine Kappe, ähnlich einer Schultüte.

Wie ich zu Recht erwartet hatte, ließ der Kommandant – auch er kleinwüchsig – mich unbeachtet. Obgleich ein flüchtiger Beobachter in seiner Erscheinung nichts als etwas Höheres oder Geringeres wie einen Menschen sähe, so mischten sich doch in das Erstaunen, mit dem ich zu ihm herab blickte, Gefühle von Scheu und Demut. In seinen Frack war das halbe Himmelsfirmament kunstreich mit Juwelen eingestickt. Seine Gestalt war untersetzt und wohl gebaut, sonst wenig Bemerkenswertes bis auf das Alter, die Augenbrauen und sein Haupthaar, welches ich bei keinem anderen der Mannschaft sah. Wie von Myriaden Jahren schien die gefurchte Stirn des Kommandanten gezeichnet. Seine braunen Haare, die an vertrocknete Kiefernnadeln erinnerten, waren Zeugen der Vergangenheit, die großen, tief liegenden Augen dagegen Sendboten des Kommenden, zwischen ihnen eine schmale Hakennase. Seine Kieferknochen stachen spitz hervor und kerbten dadurch Löcher in jede Wange. An Leibesgröße erreichte er kaum einen Meter.

Sinnend saß der Kommandant an einem nur kniehohen Refektoriumstisch mit herrlichem Furnier und Holzintarsien. Der Tisch war wie der Saal gebogen, die Ecken abgerundet. Auf ihm stand eine Sanduhr in violett-silbriger Fassung. Den Kopf stützte der alte Zwerg in eine Hand, wobei er mit seinen Skelettfingern mit fahrigen Bewegungen in Büchern blätterte, deren Seitenränder mit bunten Fabelwesen illustriert waren. Die Schriftzeichen darin waren in dreierlei Farben ausgeführt. Hätte ich hunderte Schriftproben davon gehabt, wäre es mir mit Hilfe Künstlicher Intelligenz gelungen, sie zu dechiffrieren.

Das Geschriebene in den Büchern ähnelte einer Mischung aus Hieroglyphen und Symbolen der Polynesier.

Aufgeschlagen hatte das Buch vor dem Kommandanten Tischbreite. Als er kurz aufschaute, murmelte er vor sich hin – ganz wie ich es von den anderen gehört hatte; heisere unverständliche Worte einer fremden Sprache verließen seine bläulichen Lippen. Erst jetzt fiel mir seine leuchtend blaue Zunge auf.

Dafür, dass alle auf diesem Schiff gleich aussahen, gab es nur eine Erklärung: Sie waren samt und sonders Klone. Ein jeder trug identisches Erbgut in sich, Männer wie Frauen. Folglich waren es alles Brüder und Schwestern.

Bis dahin habe ich allerdings keine Retorten mit Embryos weiblicher und männlicher Klone gesehen.

Wenn dieses befremdliche Gezwerg meinen Weg kreuzte, beschlich mich ein wundersames Gefühl, wie ich es nie zuvor empfunden hatte, trotzdem ich mich mein Leben lang an Schwarze und Weiße Löcher, Neutronensterne sowie sonstige galaktische Abgründe herangewagt hatte und bei meinen Zeitreisen auf dem Mars Liliputanern ausgeliefert gewesen war und im Schatten der

Ruine der mittelalterlichen Gralsburg zwischen halb zerfallenen Säulen Götzen ansichtig gewesen war.

Solcherlei Begegnungen habe ich in mich aufgesogen, bis mein Gemüt selber zur Ruine wurde.

Vielleicht führe diese interkosmische Tour mich bis an den Beginn der Zeit selbst, fürchtete ich. Ihr begreift, dass alles für diese absurde Vorstellung gesprochen hat.

Neuerlich wollte ich den Saal mit dem Kaleidoskop aufsuchen, um es genauer in Augenschein zu nehmen.

Zunächst begegnete mir keine Seele; dann näherte sich von hinten eine Horde Zwerge, ich hörte es an ihren Schritten und dem Gesprochenen. Umdrehen wollte ich mich nicht.

Ich bog in den Korridor ein, der mich wieder ins Zentrum führen sollte.

Jetzt tauchten vor mir aus den abgehenden Räumen kommend ebenfalls Wichte auf; sie strebten alle in die gleiche Richtung wie ich; zwei, drei Roboter waren auch darunter.

Weil ich die Zwerge nicht überholen wollte, passte ich meine Geschwindigkeit der ihren an, sodass ich auf dem schnurgeraden Korridor in einem fort hinter ihnen blieb. Sie steckten allesamt in Stulpenstiefeln.

Es wurden ihrer ständig mehr; laufend drängten neu hinzukommende Klone nach, nur Männer.

Jene, die mir gefolgt waren, rückten näher. Wie auf einer Ameisenstraße wälzten sie sich vorwärts; ihre Stimmen klangen immer lauter.

Wenn sie mich in die Zange nehmen wollen, hätten sie nun leichtes Spiel, sagte ich mir. Zugleich versuchte ich mich mehrmals mit dem Satz „Sie haben von meiner Anwesenheit keinen Schimmer." zu beruhigen.

Vor mir, am Ende des langen Korridors, staute es sich, sodass meine Verfolger noch näher kamen. Zur Linken zweigte eine Kammer ab; in ihr verschwand ich.

Mit Erleichterung nahm ich zur Kenntnis, dass die Nachrückenden auf dem Gang blieben. Doch kurz darauf ging das Licht an und es betraten zwei Roboter die Kammer; einer rechts, einer links von mir. Hatte man mich schon zu den Leibeigenen zugedacht oder gar als Sklaven, wie es in der römischen Antike bei gestrandeten Seefahrern üblich war?

Jetzt erst bemerkte ich das Gitter, das die Kammer in zwei Teile trennte. Hinter der Gittertür gewahrte ich einen stattlichen, schwarz-weiß wie ein Zebra gestreiften Zentauren. In dieser Kammer hielt mich nichts mehr.

Dort, wo ich vorderhand durch das Kaleidoskop geschaut hatte, fand ich nun eine Kampfarena vor, in die sämtliche Zwerge hinein strömten. Ein Drama, das an einen Gladiatorenkampf erinnerte, fand statt. An die fünfhundert Kleinwüchsige nahmen nach und nach auf hohen Bänken Platz, um sich am Gemetzel zu ergötzen; Weiber waren keine darunter.

Zwei Kämpfer mit nackten Oberkörpern, wie Gladiatoren mit nur einem Leibgurt bekleidet, traten vor die Loge des Kommandanten. Mit erhobenem Arm huldigten sie ihm.

Ich schätzte beide auf Ende Dreißig. Zu den Seiten des Kommandanten saßen Figuren mit derselben spitzen Haube, wie der Höhergestellte, den ich im Säulensaal angetroffen hatte. Jetzt trug der Befehlshaber des Schiffes auch eine. In der Reihe hinter ihm hatten sich auch Zuschauer mit solcherlei Spitzhüten versammelt. Vorbei ziehende Sonnen mit krankhaft gelbem Glanze warfen ihr Licht durch die Bullaugen auf die Szene.

Die Ohren der Gladiatoren waren verkümmert, sie besaßen meine Körpergröße, dunkles Haar und waren von muskulöser Statur. Einer von ihnen trug einen Kinnbart; er hielt einen Säbel in der linken Hand, mit dem er zweimal an seinen Schild (es war mit einem farbigen Symbol belegt) schlug, den er vor dem Körper hielt. Sein Kontrahent, knollnasig und fast zwei Köpfe größer, war mit einer Art Beil mit Doppelklinge bewaffnet. Um jeden seiner Füße war ein Ring geschmiedet.

Auf einen Wink des Kommandanten begann der Kampf um Leben und Tod, drangen die Zweikämpfer aufeinander ein. Der mit dem Beil wirkte schwerfällig; mir fiel sein fliehendes Kinn auf. Seine plumpen Bewegungen mögen den massiven Ringen an seinen Füßen geschuldet gewesen sein.

Der mit dem Bart schwang den Säbel. Wenn dieser mit seinem Schild einen Beilhieb parierte, ertönte ein Dröhnen, das an eine tonnenschwere Kirchenglocke denken ließ.

Ihr Waffengeklirr wurde von Musik begleitet – nach Orgelspiel hörte es sich an. Die mystischen Klänge erinnerten mich an ein Stück der Band Eloy.

Beide Streiter kämpfen mit allen erdenklichen Täuschungen und Finten. Es wird geschlagen und getreten und gestoßen und pariert. Ihre Augen haben sich zu Schlitzen verengt.

Während eines Ausweichmanövers mit Wendung ist dem Bärtigen sein eigener Schild im Wege, sodass er zu Fall kommt.

Er stürzt im Verlaufe des Schaukampfes erneut, doch gelingt weder dem träge wirkenden Gegner der entscheidende Beilhieb, noch vermag der Bartträger diesen niederzustechen.

Dann jedoch schlägt der Beilschwinger seinem Todfeind den Säbel aus der Hand.

Jubel brandet auf.

Das Duell halte ich für entschieden. Doch wie durch ein Wunder gelingt es dem Gladiator sich seines Säbels noch einmal zu bemächtigen, wobei ein regelrechter Trommelwirbel mit dem Beil auf seinen Schild niedersaust, so als ob ein Schlachter mit Wucht Rippenstücke abhackt.

Gern hätte ich unbemerkt, Frieden stiftend eingegriffen. Allein, ich wagte mich nicht zu ihnen.

Die Bewegungen beider wurden langsamer und in dem Moment, als der grelle Blendstrahl eines Quasars die Szenerie erhellte und in die Augen stach, war das halbstündige Gefecht entschieden, sank einer der Kontrahenten zu Boden. Im Lichtstrahl tanzte der Staub.

Noch heute quält mich die Frage:

War dies alles ein sich bewegendes Stereogramm?

Der Tod, der mal vom Leben träumte

Roman (Auszug)

Von Lisa Maria Olszakiewiecz

Die Untersuchung

Tragt mir bloß keine Sporen rein", rief Helga, noch bevor wir den Obduktionsraum betreten konnten. Gehorsam trat ich meine Schuhe auf der grauen Fußmatte ab, um die gelblichen Sporen von den Sohlen zu wischen. In spätestens einer halben Stunde würden sie wieder an mir kleben, doch ich wusste, dass Helga keinerlei Dreck in ihren Arbeitsräumen duldete.

„Eine Embolie? Nepomuk, soll das ein Witz sein?", schimpfte sie weiter, während ich die Tür hinter mir schloss. Kopfschüttelnd reinigte Helga das Skalpell, an dem noch das Blut von der frisch geschnittenen Lunge klebte und legte es — parallel zu den anderen chirurgischen Instrumenten — zurück auf das Tablett. Der Schnitt durch das Gewebe wirkte wie mit dem Lineal gezogen. Ich betrachtete die Schnittkanten an den Rippen der jungen Frau, die vor uns auf dem Seziertisch lag.

„Eine 25-Jährige, die aus heiterem Himmel an einer Thrombose verstirbt? Niemand wird mir diese Geschichte abkaufen." Helgas

Wangen leuchteten so rot wie ihre Haare, deren grauen Ansatz sie regelmäßig beim Friseur nachfärben ließ. Ich konnte mir nicht erklären, warum sie so penibel auf das Äußere ihres Wirtskörpers achtete. Ihre Klientel, mit der sie täglich verkehrte, interessierte sich nicht für ihr Aussehen — ein Umstand, um den ich sie durchaus beneidete.

Ich seufzte. Den Besuch bei Inge spürte ich noch wie eine kalte Hand im Nacken.

„Sagst du nicht immer selbst, dass jeder Mensch an allem sterben kann?"

Mit einem der anderen Skalpelle begann Helga, ein Stück Gewebe aus der Lunge herauszutrennen.

„Natürlich. Theoretisch kann ein Mensch auch beim Atmen sterben, wenn er eine große Fliege einatmet und daran erstickt. Aber wie wahrscheinlich ist es, dass das einer jungen, gesunden Frau passiert?"

Ich zuckte mit den Schultern. „Wenn sie mit offenem Mund Fahrrad fährt ..."

Ich duckte mich, um dem blutigen Stück Lunge auszuweichen, das Helga mir entgegenschleuderte. Es klatschte gegen die weiß gefliese Wand und glitt mit einem schmatzenden Geräusch zu Boden. Typhus rümpfte angewidert die Nase. Wenn es um die Arbeit ging, verstand Helga wirklich keinerlei Spaß. Genau deswegen war sie ja auch eine exzellente Qualitätsprüferin — penibel wie ihr schnurgerader Pony. Es verging kein Tag, an dem nicht mindestens ein schludriger Todesdiener einen deftigen Einlauf von ihr bekam. Ich bildete mir etwas darauf ein, nicht zu diesen Kollegen zu gehören. Also hob ich das Stück des Organs auf und trug es wie ein Friedensangebot zurück an den Seziertisch.

„Du solltest mich doch allmählich kennen. Du weißt, dass ich mich gerne kreativ auslebe."

Helga verdrehte die Augen. „Du immer mit deiner Kreativität. Ein klassischer Verkehrsunfall ist wohl unter deinem Niveau."

Ich nickte ernst. „Durchaus. Verkehrsunfälle sind für Amateure. Außerdem lassen sich dabei eventuelle Kollateralschäden nur schwer vorausberechnen."

Helga nahm das Stück Lunge entgegen, trennte eine kleine Probe davon ab und legte diese in eine Petrischale.

„Ich bevorzuge praktische Lösungen. Die machen mir weniger Arbeit.“ Sie schnaubte frustriert und ließ die restliche Lunge zurück in den Brustkorb gleiten. Ein wenig tat sie mir schon leid. Es gehörte zu ihren Aufgaben, einen Tod „natürlich“ aussehen zu lassen — das bedeutete, sie musste eine Ursache dafür finden, die nach menschlichen Maßstäben als plausibel galt. Leider geschieht es viel zu oft, dass Todesdiener ihre besondere Sorgfaltspflicht nicht begreifen. Dann wird in der Zeitung von merkwürdigen Todesfällen berichtet, die unnötiges Aufsehen und Spekulationen erregen. Ich erinnerte mich zum Beispiel an den Fall eines jungen Mannes, der sich, beim Verdrehen des Kopfes nach einer attraktiven Frau das Genick gebrochen hatte. Es hatte Helga ihre ganze Überredungskunst gekostet, die Gerichtsmediziner davon zu überzeugen, dass in diesem Fall keine übersinnlichen Kräfte gewirkt hatten. Die Menschen hielten den Tod für ein Schicksal und so sollte es bleiben. Wenn Helga mich kritisierte, diente das also dem Gemeinwohl der Welt – zumindest legten wir Todesdiener es so aus.

Sie wandte sich wieder der jungen Frau auf dem Tisch zu.

„Nepomuk, du kannst nicht aus jedem Auftrag ein Kunstwerk machen. Es hat noch nie jemand eine Auszeichnung für kunstvolles Sterben gewonnen.“

„Ein unverzeihliches Versäumnis, wenn du mich fragst.“ Ich grinste breit. „Denn du würdest ihn mir sofort verleihen, wenn ich dir erkläre, warum ich dieses Objekt genau so und nicht anders gestorben habe.“

Sie hob die Augenbrauen. „Na, dann lass mal hören.“

Widerwillig ließ sie zu, dass ich den Arm um sie legte. Ich wusste, dass allein die Vorstellung, ich könne ihren Kittel zerknittern, sie gerade in den Wahnsinn trieb, und dieser Gedanke bereitete mir wiederum große Freude.

Ich hätte nicht mehr als einen Arm gebraucht, um meine Freundin und Kollegin komplett zu umschlingen. Doch ich wollte nicht riskieren, das Ziel einer weiteren Organwurfattacke zu werden. Deshalb schob ich sie nur sanft zum Fußende des Tisches. Kalt und weiß lagen zwei lange, schlanke Beine vor uns. Am linken Knie klebte etwas geronnenes Blut. Für einen Moment bereute ich, mit dem Sterben dieser Frau nicht gewartet zu haben, bis sie ihre Beinrasur beendet hatte. Ich hasste es, meine Objekte zu beschädigen.

„Was siehst du, Helga?“

Sie rammte mir ihren Ellbogen in die Seite und ich ließ sie augenblicklich los.

„Hör auf mit dieser Sherlock-Holmes-Nummer und komm' zum Punkt."

Ich rieb meine schmerzende Seite. Nicht mal ein bisschen Spaß gönnte sie mir.

„Schau dir ihre Beine genau an. Sind das für ihr Alter nicht auffällig viele Varizen?"

Helga runzelte die Stirn. „Na und? Welche Frau hat heutzutage keine Krampfadern?"

Ich nickte. „Leider nur wenige. Diese ganzen Hormone, die sie schlucken und die ewige Sitzerei — es ist, als würden sie sich ihre Beine absichtlich ruinieren wollen. Aber dieses Objekt hier sei von diesem Verdacht freigesprochen, weil es eine angeborene Gerinnungsstörung hat."

Helga riss die Augen auf. „Und das weißt du woher?"

Ich konnte mir ein weiteres Grinsen nicht verkneifen.

„Weil ich meine Auftragsobjekte gründlich recherchiere, bevor ich sie sterbe. Ich habe mehrere Telefonate des Objekts mit seiner Mutter belauscht. Diese wurde seit ihren Vierzigern aufgrund von Thrombosen wiederholt ins Krankenhaus eingeliefert. Im Schlafzimmer des Objekts stand außerdem ein Koffer, an dem ein Gepäckschein vom Flughafen klebte. Die junge Dame hier flog kürzlich für eine Geschäftsreise nach New York und wieder zurück — durch das lange Sitzen auf engem Raum verstopften sich ihre Venen mit mehreren Blutgerinnseln. Eines davon löste sich einige Tage später wieder — durch einen kleinen Schubser meinerseits - und wanderte durch ihre Blutbahn bis in die Lunge. Da hast du deine Embolie."

Ich unterstrich meine Schlussworte mit einer triumphierenden Geste. Typhus applaudierte mir und Helga nickte widerwillig. Ich reichte ihr einen Zettel mit Namen und Telefonnummer der Eltern. „Ruf dort an, falls jemand an der Todesursache zweifelt und frag nach, ob in der Familie ein Faktor-V-Leiden vorliegt."

Helga presste die Lippen zusammen. Doch sie konnte nicht verhindern, dass sich ein Hauch von Anerkennung auf ihrem Gesicht ausbreitete. Deshalb drehte sie sich von mir weg, beugte sich über ihren Schreibtisch und tat so, als würde sie etwas Wichtiges in ihren Computer eingeben.

Plötzlich ertönte ein lautes Brummen. Helga zuckte zusammen und tastete hektisch nach dem vibrierenden Smartphone, das neben ihr auf dem Schreibtisch lag. Sie bekam es nicht richtig zu fassen und das Gerät glitt über die Tischkante. Rasch trat ich vor und fing es auf, bevor es auf dem Boden aufschlug.

Ich wollte es Helga gerade überreichen, als sie es mir auch schon aus der Hand riss. „Hey, gib das her!"

Ich schaute auf meine nun leere Hand.

„Danke, Nepomuk, dass du mein Smartphone gerettet hast. So eine Display-Reparatur ist echt teuer", säuselte Typhus mit verstellter Stimme.

„Ja, danke", erwiderte Helga und steckte das immer noch vibrierende Gerät in die Innentasche ihres weißen Kittels.

„Wer will dich denn sprechen?", fragte Typhus, der das Wort Diskretion nicht kannte.

So schnell Helga ihre Fassung verloren hatte, so schnell hatte sie sie auch wiedererlangt. Nur die roten Flecken auf ihren Wangen verrieten, dass ihr Körper unter höchstem Stress stand. „Das geht dich nichts an. Seht zu, dass ihr Nervensägen Land gewinnt."

Das taten wir, bevor sie noch etwas nach uns werfen konnte. Trotzdem hätte ich zu gerne gewusst, wessen Anruf sie vor mir verbarg.

Das perfekte Ende

Müde streicht der Tod sich über
seine hohlen Wangenknochen.
Tausend Jahre harte Arbeit
stecken ihm in seinen Knochen.
Das Hin- und Her- über den Jordan fahren
hat er schon seit Langem satt.
Ja, er hat 'ne fucking Midlife-Crisis,
obwohl er nie eins fucking Life gehabt.
Und überhaupt: dieses Fucking
und die Leben, die daraus entstehen,
flüchtig wie die Winde,
die im Wimpernschlag vergehen.
So ein Lebensfaden – kaum gesponnen
und schon macht die Schere schnapp.
Was die Nornen grad begonnen,
schneidet seine Sense ab.
So viel Fäden hat er angehäuft:
Er sollt' sich Decken daraus weben,
denn es ist bitterkalt im Jenseits.
Keine Wärme ohne Leben.

Er steht vor einer Tür und klopft.
Auf der Fußmatte ein Blumentopf,
an der Wand ein altes Katzenbild.
Hier wohnt Renate Rosenbrett,
heißt es auf dem Klingelschild.
Und von drinnen dröhnt ein Fernseher,
fast als wäre jemand taub.
„Jemand zu Hause?", will er rufen,
doch da geht die Türe auf.
Heraus schaut eine alte Dame
mit schneeweiß gelocktem Haar.
Ihre Haut, die ist verrunzelt.
Doch ihr Blick, der ist noch klar.

Ihre Augen schauen freundlich,
ihre Wangen leuchten rot.
„Guten Tag, ich bin der Tod", sagt Tod.
„Ach das ist aber nett", sagt Renate Rosenbrett.
Ich glaube, die Frau hört nicht richtig,
wundert der Tod sich.
„Vielleicht geht es Ihnen besser,
wenn ich Sie kurz sitzen lasse?"
„Ja, ich habe grad Kaffee gemacht.
Möchten sie ′ne Tasse?"
„Gute Dame, Sie verstehen nicht.
Es ist jetzt an der Zeit."
Er tippt auf seine Armbanduhr:
„Ich hoffe sehr, Sie sind bereit."
„Ob ich bereit bin?
Welch eine Frage, guter Mann.
Bereit für meine Serie –
die nächste Folge fängt gleich an."

Und eh' der Tod noch etwas sagen kann,
packt sie ihn an seiner Tatze
und sie schubst ihn auf das Sofa
zwischen Kissen und die Katze.
Auf dem Polster liegt ein Strickzeug
noch mit flauschig grünen Wollen.
Frau Rosenbrett serviert Kaffee
und selbstgemachten Stollen.
Es duftet wirklich köstlich. –
„Nein Frau Rosenbrett, das geht nicht",
sagt der Tod. „Es tut mir leid,
doch es ist nun einmal Zeit."
Und jetzt schaut sie plötzlich traurig:
„Ach, dann meinen Sie, ich kann nicht
eine kleine Staffel von
Der Lord und seine Lady sehen?
Nur die 31 Folgen noch.
Dann will ich gerne mit Ihnen gehen."
Das Flehen ihrer Augen
drückt dem Tod auf sein Gewissen.

Also gibt er sich geschlagen
und er lehnt sich in die Kissen.

Eine Episode später
sitzt er auf dem Sofarand.
Stollenkrümel fliegen
aus dem Mund bis an die Wand
„Zum Sensenmann, was ist das spannend!
Warum ist dieser Duke von Wales
denn so unsäglich gemein?
Werden Emily und Jeremy
je wieder zusammen sein?"
„Vielleicht", sagt Renate und sie nickt.
Ihre Nadeln klappern leise,
während sie an etwas strickt.
„Vielleicht auch nicht.
Ich hab drei Ehegatten überlebt.
Irgendwann gewöhnt man sich dran,
dass ab und an mal einer geht."
„Tut mir leid", antwortet der Tod verlegen.
„Aber nicht doch", lacht Renate
ihm ohne jeden Groll entgegen.
Zärtlich wischt sie ihm die Krümel
von der schwarzen Kleidung.
„Immerhin ist 'ne Beerdigung
doch billiger als Scheidung."

Mit einem heftig krassen Plot-Twist
nähert die Staffel sich dem Ende.
Unter Tränen hält der junge Lord
seine Lady an den Händen.
Trotz aller Lügen und Intrigen:
Die Liebe siegt am Ende doch.
Als der Abspann läuft, da fällt der Tod
in ein tiefes schwarzes Loch.
„Es ist wohl Zeit", sagt Frau Rosenbrett
und legt das Strickzeug in den Schoß.
„Nein, das geht nicht", sagt der Tod.
In seinem Hals da steckt ein Kloß.

Frau Rosenbrett, die schaut besorgt:
„Na, na, wer wird denn weinen?
Alle glücklich, besser geht's nicht,
möchte ich mal meinen."
Doch ist's nicht bloß das Glück der Helden,
das den Tod so sehr bewegt.
Vielmehr beschäftigt ihn die Frage,
wie denn diese Story weitergeht.

Bedächtig nickt Renate.
„Ich verstehe Ihr Problem", sagt sie,
„doch wer Geschichten künstlich weiterspinnt,
raubt ihnen die Magie.
Ob Sie's wollen oder nicht:
Doch diese Story ist vorbei.
Nur für die, die's nicht ertragen können,
gibt es noch die Staffel Zwei.
Ich kann Sie Ihnen anmachen,
wenn Sie das Bedürfnis haben.
Aber ich werde jetzt schlafen,
denn es war ein langer Abend."
„Wie auch immer" sagt der Tod,
der mit den Beinen hibbelnd wartet
darauf, dass Frau Rosenbrett
endlich die zweite Staffel startet.

Er verschlingt Folge um Folge
und am Ende schreit er: „Nein!
Was ist das für ein Twist, verdammt!
Das kann doch nicht die Wendung sein!
Emily geht fremd mit Robert?
Jeremy hat Gabe verführt?
Warum musste Tracy sterben?
Ich hab's nicht autorisiert.
Diese zweite Staffel hat mir
das perfekte Happy End vernichtet!"
Frau Rosenbrett schreckt aus dem Schlaf auf.
„Ja das hatte ich befürchtet.

Denn für's perfekte Happy End
kommt nur einmal der Moment,
und den darf man
nicht verstreichen lassen."
Traurig lächelt sie ihn an:
„Lass mich meinen nicht verpassen."

Draußen bricht die Nacht herein.
Die alte Standuhr tickt.
Frau Rosenbrett nimmt seine Hand.
„Es ist Zeit", sagt ihr Blick.
Der Tod, der nickt.
Denn so gern er sie behalten würde –
langsam ruft ihn seine Pflicht.
„Schau her", sagt da Renate.
„Diese hier, die ist für dich."
Sie reicht ihm eine grüne Decke,
die sie stundenlang gestrickt.
In eine Ecke hat sie einen
Totenkopf hinein gestickt.
„Ich war noch nie über den Jordan",
sagt sie „und ich weiß nicht, ob es weit ist,
aber wenn ich dich so sehe,
glaube ich, dass es dort kalt ist."
Dankend nimmt der Tod von ihr
das flauschige Stück Stoff entgegen.
Mit warmen Händen hilft Renate,
es um seinen Hals zu legen.
Dann schließt er sie in die Arme
und bringt sie auf seine Fähre,
weil's für das Ende von Frau Rosenbrett
keinen Zeitpunkt gibt, der besser wäre.

Der Roman „Der Tod, der mal vom Leben träumte"
ist im Weltenbaum Verlag erschienen.

„Das perfekte Ende" ist kein Teil des Romans, sonder ein Poetry-
Slam-Text, der hier ausnahmsweise in gedruckter Form erscheint.

Wie man in den Wald ruft

Kurzgeschichte

Von Tobias Radloff

S ie liefen und liefen: an goldenen Weizenfeldern und birken-hellen Gehölzen entlang, neben Wiesenrainen und Viehzäunen her und seit einer Stunde oder länger durch dichten, kühlen Wald. Lange waren sie keiner Menschenseele mehr begegnet, und die Käthe war froh darüber. Dieser Abend gehörte nur dem Maxl und ihr.

Der schmale Weg schlängelte sich zwischen Eichen und Buchen entlang. Hier im Wald wurde es schon dunkel; nur dort, wo die Bäume nicht gar so eng standen, stand der volle Mond zwischen den Wipfeln. Die Käthe musste aufpassen, dass sie in diesem Zwielicht nicht zu weit zurückfiel, denn der Maxl ging immer noch zu schnell für sie. Sie wünschte sich, er würde etwas langsamer gehen, sprach den Wunsch aber nicht laut aus. Ihr Liebster klopfte schon genug Sprüche über die Weiber und dass sie nichts zustande brächten, und die Käthe wollte sich nicht ärgern müssen. Wenigstens hatte er ihr irgendwann den Picknickkorb abgenommen.

„Ist es noch weit?", stieß sie zwischen zwei Atemzügen hervor.

„Nur noch ein Stück", sagte der Maxl.

„Das hast vorhin schon gesagt. Verrat mir wenigstens, wohin wir gehen."

„Wenn wir da sind."

„Und wann ist das?"

Er antwortete nicht. Seufzend presste die Käthe ihre Lippen aufeinander und hoffte, dass sie ihren geheimnisvollen Zielort bald erreichten.

„Nicht mehr weit, okay? Und jetzt nerv' mich nicht."

Auch wenn sie noch nicht lange zusammen waren, dass Bruno schnell genervt war, wusste Ulrike längst. Und wenn Bruno genervt war, gab es Streit, und den wollte Ulrike nicht. Nicht heute. Und so schluckte sie eine bissige Bemerkung herunter und konzentrierte sich ganz aufs Fahren.

In ihren Tagträumen hatte sie sich alles perfekt ausgemalt: Erdbeeren mit Schlagsahne, im Mondlicht knutschen, vielleicht auch mehr ... Wie weit sie gehen wollte, hing nicht zuletzt von Bruno ab. Wenn er wollte, konnte er der liebste Bursche aller Zeiten sein. Zu dumm, dass er nicht besonders oft wollte.

Spätestens seit sie durch den Wald fuhren, hatte Ulrike jegliche Orientierung verloren. Sie mochten auf Grafenau zufahren oder auf Regen. Oder hatten sie gar schon die Grenze zur Tschechei überquert? Gut, dass Bruno bei ihr war. Ohne ihn hätte sie vielleicht Angst gehabt, so tief im Bayerischen Wald einem Vergewaltiger über den Weg zu laufen. Aber Bruno hatte gesagt, er würde immer auf sie aufpassen. Darum hatte sie auch ohne Bedenken ihre Mutter angelogen, dass sie heute bis spät bei Almut wäre und Mathe lernte.

Ulrike sog die Waldluft ein. Sie roch moosig und schwer, und nach Zigarettenrauch. Vor ihr schnippte Bruno seinen Zigarettenstummen achtlos in den Wald. Am Tag nach ihrem ersten Kuss hatte er angedeutet, er würde vielleicht für Ulrike mit dem Rauchen aufhören – und bei dieser Andeutung war es bislang geblieben.

Wieder fragte Ulrike sich, wie weit es noch sein mochte. Egal, wie lange sie blieben, wenn sie nach Hause kam, würde die Nacht nicht mehr jung sein.

Ohne Vorwarnung knirschten vor ihr Bremsen. Ulrike trat den Rücktritt durch und kam gerade noch rechtzeitig zum Stehen, bevor sie in Brunos Mountainbike knallte. Mit verkniffener Miene betrachtete er die wenigen Millimeter, die ihre Räder voneinander trennten.

„Sorry", murmelte Ulrike.

Zu ihrer Erleichterung winkte er nach kurzem Zögern ab, ließ sein Fahrrad achtlos ins Gras fallen und streckte die Arme aus. „Wir sind da!"

Die Käthe trat zum Maxl und stützte die Hände auf die Knie. „Aha. Und wo genau?"

Sie standen am unteren Rand einer mit Gras bedeckten Waldlichtung, auf der schon die Schatten der Nacht Einzug hielten. Ringsum waren Bäume und sonst nichts. Nicht einmal einen Ansitz gab es. Es war schön hier, zugegeben, aber schöne Wiesen gab es auch in Hofnähe.

Sie drehte sich zum Maxl um. Der hatte ihr aufs Hinterteil gestarrt, und als sie sich ihm zuwandte, versank er fast zwischen ihren Tutteln. Die Käthe musste sich zweimal räuspern, bis er ihr wieder in die Augen schaute .

„Ist was?" Er grinste.

„Was wir hier machen."

Er begann, seine Hosentaschen abzuklopfen. „Keine Ahnung, was du machst, aber ich such meinen Tabak." Ehe die Käthe etwas antworten konnte, sagte er „Aha!" und zog triumphierend den Beutel aus seiner Lederhose hervor.

Die Käthe stemmte die Hände in die Hüften. „Maxl! Jetzt sag endlich, wofür wir die zwei Stunden marschiert sind!"

Er steckte sich einen Priem in die Backe. „Das wirst du bald sehen, Spatzl. Hab ein bisserl Geduld."

„Ich hab schon den ganzen Weg über Geduld. Lang mag ich nicht mehr warten."

Der Maxl machte ein gekränktes Gesicht. Augenblicklich kam die Käthe sich kindisch vor. War das wieder eine ihrer Launen, die der Maxl so anstrengend fand? Aber der Ärger machte sie stur und so hielt sie seinem Blick stand, bis er lächelnd abwinkte. „Ach geh, Mausi, ich neck dich doch nur! Ich fress' dir aus der Hand, das weißt doch. Ich wollt dich halt überraschen. Aber wenn du darauf bestehst ..."

Die Käthe war hin- und hergerissen. Endlich entschied sie sich, einzulenken und sich überraschen zu lassen, aber es war zu spät.

„Wir sind hier", sagte der Maxl feierlich, „um den Wolpertinger zu sehen."

Ulrike musste sich verhört haben. „Den was?"

„Den Wolpertinger." Bruno klopfte eine Zigarette aus der Packung. „Weißt du nicht, was das ist?"

„Jeder Depp weiß, was das ist. Und dass es ihn nicht gibt", sagte sie langsam. Die Verblüffung hatte ihren Ärger darüber fortgeblasen, dass er sie so lang hingehalten hatte.

„Ach ja? Woher willst du das wissen?"

„Woher ich– Komm schon, Bruno, das ist nicht dein Ernst!"

Der zuckte die Achseln. „Könnte doch sein."

„Hast du denn schon mal einen gesehen? Einen Wolpertinger?"

„Deine Muschi hab ich auch noch nicht gesehen. Trotzdem weiß ich, dass es sie gibt." Er wollte ihr in den Schritt fassen, aber Ulrike wich zurück.

„Das ist etwas ganz anderes."

„Stimmt, dein Möschen ist viel besser." Bruno schnippte sein Zippo auf. Als die Zigarette brannte, versuchte er einen Rauchkringel zu blasen und scheiterte kläglich.

„Wolpertinger sind Fabelwesen", sagte Ulrike. „Sie sind nicht echt. Was erzählst du mir als Nächstes, dass du mit dem Yeti PlayStation spielst?"

Normalerweise reagierte Bruno empfindlich auf Sarkasmus, aber heute perlte die Bemerkung an ihm ab. „Alle Fabeln und Märchen enthalten einen wahren Kern."

„Aha. Und woher willst du dann wissen, dass der Wolpertinger ausgerechnet hier auftauchen wird?" Sie war sich immer noch nicht sicher, ob er sie auf den Arm nehmem wollte oder ob er es ernst meinte.

„Weil er scheu ist. Wenn er sich ins Freie wagt, dann hier, im Herzen des Waldes."

„*Wenn* er sich ins Freie wagt."

„Weißt du denn nicht, dass der Wolpertinger nur in Vollmondnächten hervorkommt?", fragte Bruno irritiert. „Dass er sich nur den schönsten Mädchen zeigt, und auch denen nur dann, wenn sie einen gut aussehenden Kerl dabei haben? Na ja, und da hab ich gedacht, zwischen mir, dir und dem Kollegen dort oben ..." Er deutete Richtung Mond.

Die Käthe spürte, wie sie errötete. „Aber Maxl ... Meinst du das ernst?"

„Kein Schmarrn! Eine schön'res Madel wie dich hab ich noch nie gesehen." Der Maxl fasste sie um die Taille und küsste sie innig. Die Käthe schlang ihre Arme um seinen Hals. Diesen Moment konnte ihr nicht einmal der Kautabakgeschmack verderben.

Das konnte nur ihre eigene Unsicherheit. „Aber wenn wir ihn nicht sehen, heißt das dann, dass ich ...?" Sie sprach nicht weiter.

Aber der Maxl grinste nur und zog sie wieder an sich. „Dann müssen wir uns die Zeit eben anders vertreiben", sagte er und wackelte mit den Augenbrauen.

„Maxl!" Die Käthe entwand sich seinem Griff. „Darüber haben wir doch schon gesprochen. Ich will nicht, dass die Leut' sich das Maul zerreißen. Und wenn die Sache, du weißt schon, Folgen hätt', dann müsstest du mich heiraten und-"

„Mit Essen!", fiel der Maxl ihr ins Wort. „Wir vertreiben uns die Zeit mit Essen. An was du wieder denkst ..." Er lachte anzüglich.

Die Käthe spürte, wie ihr erneut das Blut ins Gesicht schoss. So hatte sie es nicht gemeint. Sie wollte dem Maxl erklären, dass sie nur auf seine Anspielung reagiert hatte, aber der hatte sich schon umgedreht und rannte los, die Lichtung hinauf. „Wer zuletzt oben ankommt, ist ein Franke!"

„Der ist ja völlig spinnert," murmelte die Käthe kopfschüttelnd, hob den Picknickkorb auf und folgte ihm mit normalen Schritten.

Sie war noch nicht zur Hälfte aufgestiegen, als der Maxl oben am Waldrand ankam. Als er sich umdrehte und sah, wie groß sein Vorsprung war, rief er etwas Unverständliches zur Käthe hinunter. Dann drehte er ihr den Rücken zu und machte sich am Stamm einer Eiche zu schaffen.

„Nichts in die Rinde ritzen!", rief die Käthe empor. „Das schadet dem Baum!"

Grinsend hielt er das Messer ins Mondlicht, dann machte er weiter.

Ulrike ließ den Rucksack demonstrativ auf die Wiese plumpsen. „Du hättest mir beim Tragen helfen können, dann wär' ich schneller gewesen."

„Ich hab halt Hunger." Bruno sah zu, wie sie die Picknickdecke ausbreitete.

„Ich vielleicht nicht?"

Bruno ignorierte die Frage, setzte sich mitten auf die Decke und fing an, in Ulrikes Rucksack herumzuwühlen, dass sie Angst um die gekochten Eier bekam. „Und Durst hab ich auch. Du hast doch nicht etwa die Thermos vergessen?"

„Die hast du eben rausgenommen. Da, neben dir."

„Wo?" Bruno sah sich um und bemerkte die silberne Flasche im Gras. „Sag das doch gleich."

„Hab ich doch."

Er grunzte nur.

Ulrike ballte die Fäuste. Im schwindenden Licht des Tages trat sie neben einen der Bäume, die die Lichtung umstanden. Der Wald dahinter lag stockfinster, kein Mondstrahl vermochte das dichte Blätterdach zu durchbrechen. Ein Schauer lief über Ulrikes Rücken, als sie sich fragte, was sich in der Schwärze alles verbergen mochte. Sie lachte nervös und presste eine Faust gegen den Baumstamm. Die Borke schmerzte unter ihren Knöcheln und half ihr, die Angst zu beherrschen.

„Hast du was gesagt?", fragte Bruno von der Decke her.

„Nein." Ulrike wollte zurückgehen, als sie etwas bemerkte und stehen blieb. „Warte mal ... Hier hat jemand was in die Rinde geschnitten."

„Okay."

„Ist ganz schön verwittert." Ulrike hatte Mühe, die Buchstaben zu entziffern. „*M+K*", las sie. „Mit einem Herzchen drumherum. Wie romantisch."

Als sie sich zu Bruno umdrehte, fielen ihr zwei leuchtende Punkte ins Auge, unten, nahe der Räder. Ein Augenpaar im Mondlicht. Ein Reh, wie sie mit zusammengekniffenen Augen erkannte. Es blickte unverwandt zu Ulrike empor, fast so, als wolle es ihr etwas sagen. Irgendwann senkte es den Kopf, als würde es nicken. Dann setzte es sich wieder in Bewegung und verschmolz mit der Dunkelheit. Die Lichtung lag wieder da, als wäre nichts geschehen.

Ulrike ging zurück zur Decke und setzte sich so dicht neben Bruno, wie es gerade noch bequem war.

Sie aßen und plauderten, und als die Käthe satt war, legte sie ihren Kopf in den Schoß vom Maxl. Er strich ihr mit den Fingern durch die Haare und kaute seinen Tabak dabei. Um sie herum erwachte die Nacht zum Leben. Glühwürmchen blinkten, Fledermäuse huschten, im Gehölz schuhuhte ein Waldkauz. Es roch nach Klee und wildem Raps. Wenn es nach der Käthe gegangen wäre, hätte es für immer so bleiben können.

„Gibst mir noch ein Stückerl Käse?", fragte sie.

„Sicher." Der Maxl beugte sich vor zum Picknickkorb. Tabaksaft tropfte ihm aus dem Mundwinkel und auf das Dirndl von der Käthe.

„Kannst du nicht besser aufpassen?", schalt sie ihn.

Er verdrehte die Augen. „Du meckerst auch nur."

„Stimmt doch gar nicht. Aber jetzt muss ich's morgen waschen, und wenn ich Pech hab, kriegen's die andern Waschweiber mit und tratschen's herum." Der Maxl sah sie verständnislos an. „Sie wissen, dass ich keinen Tabak kau. Ich muss mich also mit einem Mannsbild getroffen haben", fügte die Käthe hinzu.

„Pfft", machte der Maxl. „Die können mir alle gestohlen bleiben. Heute Abend möcht ich nur an dich denken."

„Und die Häme krieg ich morgen allein?"

Er brummte unwillig.

„Was?"

„Ich will doch nur eine schöne Zeit mit dir haben", knurrte er beleidigt. „Und ich hab gedacht, du willst das auch. Aber da hab ich mich wohl geirrt!"

Ulrike legte Bruno erschrocken die Hand auf die Brust. „Was? So ein Unsinn! Du ahnst gar nicht, wie froh ich bin, dass wir beide hier sind."

„Bist du? Eben hast du noch ganz anders geklungen."

„Komm herunter, dann zeig ich's dir."

Er beugte sich vor und ließ sich von Ulrike küssen. Der Rauchgeschmack war widerlich, aber sie schluckte ihn kommentarlos herunter.

Als sie voneinander ließen, war seine Laune wieder besser. „Weißt du, dass du das schönste Mädel von ganz Niederbayern bist?", sagte er, während er ihr Haargummi löste. Ein wohliger Seufzer entfuhr Ulrike, als die Spannung auf ihrem Scheitel nachließ. „So gefällst du mir noch besser."

„Und du gefällst mir so, wie du bist." Sie kniff ihn sanft in die Wade.

Eine Weile schwiegen sie. Brunos Hand wanderte von ihren Haaren zur Schulter, fuhr Ulrikes Schlüsselbein nach, nestelte an den Knöpfen ihrer Bluse ...

„Es ist wirklich schön hier", sagte Ulrike träumerisch. „Wie bist du auf diesen Ort– He! Was machst du denn?"

Die Käthe setzte sich auf und packte die Enden der Schnur, die ihr Kleid oben zusammenhielt.

„Na was wohl", sagte der Maxl. „Du hast doch eben gesagt, wie gut ich dir gefalle."

Die Käthe starrte ihn an. „Und deshalb willst du mir gleich an die Wäsche?"

„Natürlich will ich das", schnaubte er. „Was denkst du denn, was Mann und Frau tun, wenn sie alleine sind, den Ländler tanzen? Das liegt in unserer Natur! Auch in deiner."

„Und woher willst du das wissen?"

„Ach geh. Ich seh doch, wie du mich anschaust. Und jetzt sind wir hier, der Mond scheint, außer uns kein Mensch weit und breit ..." Erneut streckte er die Hand nach ihrem Kleid aus.

Die Käthe wich zurück. „Lass das!"

„Wieso? Findest du mich nicht fesch?" Der Maxl klang gekränkt.

„Doch, aber ... Ich weiß nicht. Ich mag einfach nichts überstürzen."

Er rückte ein Stück näher. „Keine Angst, Schatzl. Wenn es dir zu viel wird, hören wir auf."

„Es ist mir zu viel. Hör bitte auf."

Der Maxl runzelte die Stirn. „Ist es, weil ich älter bin als du? Ganz ehrlich, Käthe, du bist viel weiter als die meisten Eheweiber. Und schöner obendrein."

Das Herzklopfen war wieder da, doch da war noch etwas anderes. Eine nagende Unruhe nahm von der Käthe Besitz. Kein Mensch weit und breit, hatte er gesagt.

„Glaubst du mir nicht?", fragte der Maxl.

Sie zuckte mit den Schultern. „Woher weiß ich, dass du's ehrlich meinst? Dass du's nicht nur sagst, um mich herumzukriegen?"

„Geh, dafür bist du viel zu dickköpfig."

Die Käthe band die Schleife neu. „Seltsam, dass du mir immer nur dann schmeichelst, wenn-"

„Weißt was?", unterbrach der Maxl sie. „Wir warten einfach auf den Wolpertinger. Wenn er kommt, steht's außer Frage, dass du die schönste Maid bist weit und breit."

„Und wenn nicht?"

Der Maxl schwieg.

„Meinst du, er hasst Schwule?", fragte Ulrike, als sie die Stille nicht mehr aushielt.

„Wer?", fragte der Bruno verblüfft.

„Der Wolpertinger. Du hast gesagt, er zeigt sich nur einem Mann und einer Frau. Warum nicht zwei Männern? Oder lesbischen Frauen?"

„Na, weil's eine alte Legende ist. Vielleicht gab's damals noch keine Homosexualität."

„Legende?" Ulrike legte den Kopf schief. „Dann glaubst du doch nicht dran?"

Bruno verdrehte die Augen. „Wie oft soll ich's denn noch sagen? Klar glaub ich dran. Warum sollte sich auch jemand so was Albernes ausdenken?"

„Um hübsche Mädels in den Wald zu locken?" Sie meinte es als Witz, aber Bruno quittierte die Worte mit einem überraschten, fast schon misstrauischen Blick. „Was?", fragte Ulrike

Er wich ihrem Blick aus und schüttelte den Kopf. „Nichts."

Die Unruhe war wieder zurück, stärker als vorher. „Ich denke, wir sollten uns auf den Rückweg machen. Wir haben ja noch eine lange Tour vor uns."

Seufzend ließ Bruno sich nach hinten auf die Decke sinken. „Kannst gern allein losfahren. Ich sammel dich dann nachher ein. Falls du dich nicht im Wald verfährst, heißt das."

Sie wartete darauf, dass er auflachte und seine Worte als geschmacklosen Scherz entlarvte. Aber Bruno lachte nicht. Ulrike fröstelte, und dabei war die Nacht angenehm lau. Sie sah auf ihr Smartphone. Kein Empfang. Wie auch, mitten im Nirgendwo. Der Wald lag schwarz und still, nur hier und da ein Rascheln. Blätter im Wind oder ein Tier, das durchs Unterholz kroch. Ulrike fühlte sich einsamer als je zuvor.

„Warum sträubst du dich so?", fragte der Maxl von der Seite her.

„Wogegen?"

„Du weißt schon.“

Ja, die Käthe wusste es. „Braucht's dafür einen besonderen Grund? Ich will eben nicht. Nicht so.“

Der Maxl seufzte. „Ich, ich, ich. Denkst du eigentlich auch an mich? Dann wär’ ich ja den ganzen Weg umsonst gekommen.“

„Umsonst? Und was ist mit dem Wolpertinger?“

Seine Antwort bestand aus einem mitleidigen Blick.

Die Augen von der Käthe brannten. „Aber das Picknick, zählt das nichts? Dass du Zeit mit mir verbringst?“

„Sicher, und gerade drum könntest du dich ein bisserl dankbar zeigen.“

Sie stand auf. „Wir gehen jetzt nach Hause. Auf der Stelle!“

Der Maxl lag da, auf die Ellenbogen gestützt, und grinste sie an. Die Käthe schauderte. In diesen Hundsfott war sie bis eben noch verliebt gewesen? „Gut, dann fahr ich halt alleine!“ Sie spuckte vor ihm aus, drehte sich um und ging den Hang hinunter

Drei Schritte, dann packte der Maxl sie von hinten am Arm. „Hiergeblieben!“

„Lass mich los!“, fauchte Ulrike.

Bruno dachte nicht daran. „Glaubst du, ich seh zu, wie du mir die Luft aus den Reifen lässt oder was immer du vorhast?“

„Lass los! Ich mein es ernst!“ Ulrike versuchte, ihr Handgelenk loszureißen. Das Ergebnis war, dass Bruno jetzt auch noch nach ihrem zweiten Arm griff. Sie gab ihm eine Maulschelle. Das Klatschen hallte über die Lichtung. Im Mondlicht gerann Brunos Visage zu einer Fratze der Wut. „Spinnst du? Ich lass mich doch nicht von einer Bitch hauen!“ Er zerrte Ulrike zur Decke zurück. Sie schrie und schlug und kratzte, aber gegen Bruno kam sie nicht an. In Nullkommanichts lag sie rücklings da, er saß auf ihr und nagelte ihre Unterarme mit den Knien am Boden fest.

„Geh runter!“, keuchte sie und bäumte sich auf.

Bruno hob die Hand zum Schlag. „Halt endlich still, sonst werd ich grob! Mir reicht's langsam.“

Ulrike strampelte weiter. „Fick dich!“

„Mich?“, grinste er. „Im Gegenteil!“

„Ich bring dich um!“ Kalte Panik erfüllte sie. Sie raste und wand sich unter ihrem Angreifer. Zu ihrer eigenen Überraschung bekam sie eine Hand frei. Sie kratzte ihm übers Gesicht, jedenfalls versuchte sie es, doch er hatte den Kopf zur Seite gedreht und sie erwischte nur seinen Schopf. Sie verkrallte sich in seine Locken und zog. Bruno schrie vor Schmerz und schlug ihre Hand beiseite. Endlich war auch ihre andere Hand frei. Sie bäumte sich auf und stieß ihn von sich herunter. Zu ihrer Überraschung gelang es. Bruno sah sie nicht einmal an. Ulrike krabbelte auf Füßen und Ellenbogen rücklings vor ihm weg. In ihren Ohren brauste es. Was war mit ihm los? Warum schaute er gebannt zum Rand der Lichtung?

Alles in ihr schrie danach, aufzuspringen und loszurennen, aber die Neugier siegte. Die Käthe starrte zum Waldrand.

Zwischen den Bäumen bewegte sich etwas, hoppelte ins Mondlicht. Es war ein Tier. Von Größe und Körperbau her tippte die Käthe auf einen gemeinen Feldhasen, doch das konnte nicht stimmen, denn über seinen Kopf ragten die Enden mehrerer Stöckchen empor. War er in eine fremdartige Falle getappt? Dann erkannte sie ihren Irrtum.

Das waren keine Stöckchen. Es war ein Geweih.

„Der Wolpertinger!", flüsterte die Käthe. Sie machte ein Geräusch, von dem sie selbst nicht wusste, ob es ein Lachen oder ein Wimmern war. Sie presste die Augen zusammen und öffnete sie wieder. Das Wesen blieb, wo es war.

„Leck mich am Arsch!" Der Maxl hatte seine Sprache wiedergefunden.

Der Wolpertinger kam mit einem Hopser näher. Dabei spreizte er leicht seine Flügel. Sie endeten in einzelnen, wie Finger abstehenden Federn, wie die Käthe sie von Krähen und Milanen her kannte. Langsam, um das Wesen nicht zu erschrecken, streckte sie ihre Hand aus. „Komm ruhig näher. Ich tu dir nichts."

Der Maxl sog die Luft ein. „Bist du deppert?"

Die Käthe beachtete ihn nicht. Sie hatte nur Augen für den Wolpertinger, dessen Blick zwischen den beiden Menschen hin und her wanderte. Da war etwas in seinen Augen, das sie spüren ließ, sie war nicht in Gefahr. Dieses Gefühl verging selbst dann nicht, als er sein Maul öffnete und zwei Reihen nadelspitzer Fänge entblößte.

„Halt dich lieber fern." Ulrike konnte nicht sagen, ob Brunos Worte ihr galten oder dem Wolpertinger.

„Wieso, hast du Angst?"

„Wer, ich?" Er lachte gezwungen. „Aber deshalb will ich mir noch lang keine Tollwut einfangen."

„Denkst du wirklich, er will dich beißen?"

„Du nicht? Ich … Bleib weg, du!"

Der Wolpertinger hoppelte mit wogendem Geweih näher. Bruno wich zurück, bis er neben Ulrike stand. Der Wolpertinger hielt an, setzte sich auf die Hinterläufe und schaute Ulrike wissend an.

„Weißt du, was ich mich frag?", sagte sie leise. „Wenn es den Wolpertinger wirklich gibt, warum weiß dann niemand von ihm? Es wird ja wohl häufiger vorkommen, dass ein hübsches Pärchen bei Vollmond in den Wald geht. Da müsste es doch Gerüchte geben."

„Kannst es ja morgen allen erzählen. Das glaubt dir doch kein Mensch."

Da war etwas dran. „Was er uns wohl sagen will?"

„Weiß ich nicht. Jedenfalls ist es Zeit zum Gehen." Der Maxl legte ihr die Hand auf die Schulter.

Der Wolpertinger richtete sich auf, spreizte die Flügel und senkte den Kopf, dass sein Geweih wie Rammsporne vorstand. Im selben Moment fiel der Käthe siedend heiß ein, was eben geschehen war und wie wütend sie auf den Maxl war.

„Nimm deine Hand weg oder ich kratz dir die Augen aus!", schnappte sie.

„Ist ja gut." Der Maxl ließ sie los. „Kommst jetzt?"

„Mit dir geh ich nirgendwo mehr hin!"

„Närrisches Weib! Ich lass dich doch nicht mit einem tollwütigen Wolpertinger im Wald zurück." Der Maxl gab sich Mühe, tapfer zu klingen, aber es blieb bei dem Versuch.

„Bei ihm fühl ich mich sicherer als bei dir."

„Unsinn", schnaubte er. „Los, ich bring dich nach Hau-" Seine Stimme erstarb.

Ein weiterer Wolpertinger kam auf die Lichtung. Er sah aus wie ein Dachs mit dem Kopf eines Fuchses. Überall erwachte nun der Wald zum Leben: Eichhörnchen mit Stacheln und Hauern, geflügelte Baummarder, Käuze mit buschigen Schwänzen; und alle mit einer Klugheit in den Augen, die das tierische Maß überstieg.

„Wir müssen weg!" Bruno packte Ulrike erneut am Arm. Ehe sie ihn abschütteln konnte, krächzte es über ihnen. Eine Krähe mit

Katzenpfoten schoss direkt auf Bruno zu. Er schlug beide Hände vors Gesicht. Der Wolpertinger zog so dicht vor ihm hoch, dass der Luftzug seine Haare verwehte. „Die wollen uns fressen!"

Ulrike schüttelte den Kopf. Die Wolpertinger waren nicht hier, um ihnen zu schaden. Jedenfalls nicht ihr,

Bruno wimmerte vor Angst. Der erste Wolpertinger knurrte, dass seine Fangzähne im Mondlicht glänzten. „Lass mich in Ruhe!", rief Bruno. „Verschwindet!"

Er griff nach einem abgebrochenen Ast und hieb damit nach dem Angreifer. Dieser wich mühelos aus. Bruno wollte nachsetzen, als sich etwas vom Himmel auf ihn herabsenkte. Er brüllte auf. Der fliegende Wolpertinger glitt davon, und aus seinem Schnabel tropfte es.

„Das Drecksvieh hat mich gebissen!" Bruno schlug jetzt panisch um sich. „Ulrike, hilf mir!"

Seine Stimme erinnerte sie an ihre eigene, gerade eben, bevor die Wolpertinger auftauchten. Und endlich begriff sie, warum der erste Wolpertinger sie weiterhin unverwandt ansah. Sie erwiderte den Blick und nickte.

„Er gehört euch."

Das Geweih bewegte sich ein Stück nach unten. Der Wolpertinger warf der Käthe einen letzten Blick zu. Dann griff er an, und sein Rudel ebenso.

Sie blickte nicht zurück. Noch bevor sie den Waldweg erreichte, verstummten die Schreie vom Maxl und das Fressen begann.

Perlensplitter

Roman (Auszug)

Von Zoe S. Rosary

Elusyan

Mit dem Fernrohr am Auge suchte ich den bewaldeten Horizont in Richtung Osten ab. Nichts. Keine Regung. Erleichtert stieß ich meinen Atem aus, der in der kühlen Morgenluft leicht kondensierte. Wir waren gerade noch rechtzeitig von unserem Spion in Maratien gewarnt worden. Ich hörte feste Schritte den Glockenturm hinaufsteigen. Ohne mich umzudrehen, wusste ich, dass sich Elas mir näherte.

„Die Einheiten haben Stellung bezogen und die Dorfbewohner konnten weitestgehend in Sicherheit gebracht werden", informierte er mich mit tiefer Stimme.

„Wo steckt Pasjeran?", fragte ich und beobachtete weiterhin den Horizont, denn ich wollte den Moment nicht verpassen, in dem die Maratier aus dem Wald treten würden, um uns anzugreifen.

„Gleich bei dir." Ich hörte, wie die festen Absätze seiner Stiefel jede zweite Treppenstufe übersprangen. „Bereiten wir ihnen einen Empfang vor, den sie ihr Leben lang nicht vergessen werden."

Ich nahm nun doch das Fernrohr herunter und drehte mich um. Pasjeran hatte seine schulterlangen, schwarzen Haare auf dem Hinterkopf zusammengebunden und ein Kurzbart wuchs in seinem Gesicht. Wie Elas und ich trug er eine unauffällige dunkelbraune Lederjacke, die in diversen Taschen mit Dolchen unterschiedlicher Länge vollgestopft war. Über dem Oberkörper spannte sich der Gurt seines Köchers.

Pasjeran trat mit einem siegessicheren Grinsen auf die Galerie des Glockenturms. Mir war nicht nach Lachen zumute. Dieser Grenzkrieg zog sich meines Erachtens schon viel zu sehr in die Länge und hätte bereits beendet werden können, wenn sich mein König dazu bequemen würde, auf die Briefe des maratischen Königs zu antworten. Doch den König von Latura interessierte dieser Krieg nur insofern, dass er sein Land nicht verlieren wollte, alles andere war ihm egal. Wir verteidigten seit einer gefühlten Ewigkeit unsere östliche Grenze und hinderten die Maratier daran, unser Land zu erobern. Den Auslöser dieser kriegerischen Auseinandersetzung kannte niemand so genau, was mich am meisten ärgerte.

„Bist du bereit?", fragte ich meinen Bruder, dessen dunkelbraunes, kurz geschnittenes Haar vom Morgennebel leicht feucht war.

Wie Elas es noch geschafft hatte, sich auf die Schnelle heute bei Dämmerung zu rasieren, war mir unklar. Aber er ging niemals unrasiert aus dem Haus.

Er zeigte beide Daumen nach oben. „Und wie bereit ich bin. Dieses Dorf verlieren wir nicht."

Wir hatten schon einige Dörfer an der Grenze aufgeben müssen. Seitdem wir allerdings unseren Spion gut am Königshof von Maratien platziert hatten, gelang uns öfter der Sieg.

„Ich geb euch beiden Rückendeckung", sagte Pasjeran und deutete mit dem Finger auf seinen Bogen.

„Gut, dann starten Elas und ..."

Wildes Hufgetrampel ließ mich unterbrechen. Zu dritt starrten wir hinunter auf den Dorfplatz, auf dem gerade ein königlicher Bote mit roter Uniform und schwarzem Barett sein Pferd vom Galopp in den Stand parierte. Dreck wirbelte auf. Der Bote schaute nach oben, während seine rechte Hand zum Gruß von der Mitte des Bauches, wo sich unser Lebenszentrum befand, zur Seite wanderte. Jeder von uns drei grüßte in derselben Geste zurück, was der Bote von unten nur bedingt sehen konnte. Danach zog er einen Brief aus seiner Jackentasche.

„Eine Eilsendung vom König an den General!", rief er zu uns hinauf.

Hoffentlich war das die Information, dass es endlich Waffenstillstand geben würde. Elas, Pasjeran und ich sprangen die Stufen des Glockenturms hinab, um den Brief in Empfang zu nehmen. Das Siegel brach mit einem Knacken, anschließend faltete ich das Dokument auseinander und überflog die Zeilen.

Bitte was? Ich atmete tief durch und las die Worte des Königs noch einmal. Das durfte nicht wahr sein. Mit einer Hand fuhr ich mir durch mein Haar und fluchte innerlich. Erneut las ich den Brief des Königs.

„Was ist, Elusyan?", fragte mich Pasjeran ungeduldig.

Wortlos streckte ich ihm den Brief seines Vaters entgegen.

„Das geht nicht", sagte ich bestimmt zu dem Boten. „Ich kann unmöglich jetzt mit Elas nach *Sieben Flüsse* reiten."

Der Bote zuckte mit den Schultern. „Ich sollte das Schreiben mit der Anweisung überbringen, dass es dringend ist."

„Was, bitte schön, ist so wichtig, dass ich umgehend in *Sieben Flüsse* zu erscheinen habe?", fuhr ich den Boten an, der sofort zusammenzuckte.

„General, ich bin nur der Überbringer." Er hob entwaffnend seine behandschuhten Hände und sah mich flehend an. „Ich habe keine Antworten für Euch."

Pasjeran reichte das Schreiben weiter an Elas und ballte die Fäuste. „Ich kann unmöglich jetzt meine beiden besten Männer wegschicken. Die Maratier könnten jeden Augenblick das Dorf angreifen. Morgen oder besser in zwei Tagen können Elusyan und Elas nach *Sieben Flüsse* aufbrechen."

„Mein Prinz, ich kann Euren Unmut verstehen", sagte der Bote. „Doch hat mich Euer Vater extra darauf hingewiesen, dass seine Anweisung mehr zählt als die Eure. General Elusyan und Oberst Elas, würdet Ihr bitte Eure Pferde satteln und mit mir zurückreiten?"

Pasjeran zog seine Lederhandschuhe aus und warf sie fluchend auf den Boden. Das Pferd des Boten sprang mit einem wilden Schnauben vor Schreck einen Satz zur Seite.

„Dann verlieren wir ein weiteres Dorf!", brüllte er den Boten an.

Es war Elas' Diplomatie an der Stelle geschuldet, dass der Bote seinen Kopf behielt. Wenn mein Bruder eines konnte, dann war es, versöhnliche Worte zur richtigen Zeit auszusprechen. Elas legte seine Hand auf Pasjerans Schulter.

„Positioniert die Bogenschützen so, dass sie möglichst viele abschießen können. Die anderen Einheiten ziehen sich mit etwas Abstand zurück. Wenn die Bogenschützen es nicht schaffen, dann gebt die Stellung auf. Lieber verlieren wir ein evakuiertes Dorf als die militärische Einheit. Dieses Dorf ist es nicht wert, dass auch nur ein Lature stirbt. Lass uns nach *Sieben Flüsse* reiten, Elusyan, und uns anhören, was der König von uns möchte. Wir kommen so schnell wie möglich zurück."

Pasjeran und ich waren nicht sehr erfreut, denn so schnell wie möglich hieße, nach dem heutigen geplanten Angriff der Maratier auf das Grenzdorf. Ich stieß hörbar meine Luft aus. Was blieb mir schon für eine andere Wahl? Niemand verweigerte die Anweisung des Königs, auch sein Sohn, Prinz Pasjeran, nicht, denn die Herrschaft des Königs von Latura galt uneingeschränkt. Niemals würde ich mich illoyal ihm gegenüber verhalten, auch wenn ich seinen Befehl innerlich gerade verwünschte. Sollte mein König jedoch den geringsten Verdacht der Untreue hegen, konnte ich meinen letzten Atemzug genießen.

Am späten Nachmittag des darauffolgenden Tages nahm ich mir gar nicht erst die Zeit, am runden Tisch des Ratssaales im Schloss von *Sieben Flüsse* neben den anderen königlichen Beratern Platz zu nehmen, denn ich wollte Pasjeran nicht zu lange an der Grenze mit dem Heer allein lassen. Elas stand direkt neben mir. Ein dezenter Geruch von frisch gewachsten Dielen hing in der Luft. Nur zwei Stühle am runden Tisch, der sich vor den bodentiefen Rundbogenfenstern befand, standen leer: der Stuhl des Prinzen und meiner.

„Ich freue mich, dass Ihr so schnell meiner Anweisung nachgekommen seid, denn es handelt sich um eine höchst dringende Angelegenheit", sagte der König.

„Mit Verlaub, Eure Majestät, wäre es dennoch besser für meine militärische Einheit gewesen, wenn Ihr Elas und mir ein höheres Zeitfenster für unser Kommen eingeräumt hättet. Wir waren kurz vor einer kriegerischen Auseinandersetzung in einem unserer

Grenzdörfer." Diese Bemerkung konnte ich mir nicht verkneifen, immerhin stand viel auf dem Spiel.

Der König wedelte abwehrend mit seiner ringbesetzten Hand. „Die Maratier können warten, denn das Leben meiner Tochter hat für mich eine viel wichtigere Bedeutung."

Meinem inneren Elusyan entglitten gerade die Gesichtszüge. Das hatte mein König jetzt nicht wirklich gesagt, oder?

„Eure Tochter?", fragte Elas.

Beim Heiligen Orakel, Elas hatte die Anweisung des Königs ebenfalls nicht verstanden, denn sie war völlig absurd. Die Hand des Königs donnerte ungeduldig auf den Tisch, während sein grauer Vollbart gemäß seinen Gesichtszügen zuckte.

„Ihr habt mich schon verstanden." Der Tonfall des Königs wurde bestimmter. „Ich vertraue euch beiden das Leben meiner Tochter an."

Das konnte ja heiter werden, denn die Tochter des Königs, Prinzessin Tarinija, war seit 150 Menschenjahren verschollen. Die Gerüchte um die damaligen Ereignisse, die das Verschwinden der Prinzessin betrafen, kochten ziemlich heiß und wild durcheinander und wurden mit jedem Jahr abstruser. Die einen sagten, sie war verzaubert worden. Die anderen glaubten daran, dass sie entführt worden war. Wiederum andere waren der Meinung, sie hätte sich beim Blumensammeln verlaufen und den Weg nicht zurückgefunden. Meines Erachtens war nichts von alledem wahr. Und gäbe es nicht dieses Gemälde in der Eingangshalle des Schlosses von ihr, würde ich glauben, Prinzessin Tarinija von Latura sei ein Märchen.

Fakt war jedoch, dass der König mit jedem Jahr trauriger wurde und wichtige Regierungsgeschäfte vernachlässigte. Die Hoffnung, je seine Tochter unversehrt zurückzubekommen, schwand mit der Zeit, die ergebnislos verstrich. Um Tarinija zu finden, musste man die alte Prophezeiung des Heiligen Orakels erfüllen. Seit 150 Jahren war das niemandem gelungen. Und ausgerechnet Elas und ich sollten uns nun damit befassen? Was würde aus dem Grenzkrieg werden?

(...)

Sveja

(...)

„Soll ich dich zur WG fahren?", bot Jonas, der mehr wie ein großer Bruder als ein Chef war, mir an.

Er wischte mit einem Geschirrtuch ein letztes Mal über den Tresen. Haare wuchsen keine mehr auf seinem glänzenden Kopf. Dafür trug er einen gepflegten Bart, der für sein kugelrundes Gesicht recht kantig geschnitten war. Er war mit seinem kräftigen Körperbau ein Bär, an den ich mich gern anlehnte.

„Das wäre toll. Die nächste Bahn fährt erst in einer Dreiviertelstunde und der Anschlussbus braucht in der Nacht länger."

„Nein, du fährst auf keinen Fall mit der Tunnelbana."

Stockholm war groß. Mitten in der Nacht von Gamla Stan nach Lappkärrsberget in den Norden zum Wohnheim zu fahren dauerte so seine Zeit. Jonas hingegen wohnte mit seiner Familie in Bromma in einem kleinen Appartement in der Nähe des Flughafens und fuhr extra wegen mir einen Umweg, wofür ich ihm äußerst dankbar war.

Ich hob die letzten Hocker auf die Tische, damit Tess morgen wischen konnte. Während Jonas die letzten Lichter ausschaltete, holte ich unsere Jacken und meine Handtasche aus dem Gemeinschaftsraum.

„Hast du alles?"

„Ja, klar."

Wir verließen die *BLUE CHILL LOUNGE* über den Hinterausgang. Die schmalen Gassen mit den schiefen und bunten Hauswänden von Gamla Stan, die am Tag mit unzähligen Touristen gefüllt waren, lagen ausgestorben vor uns. Die Absätze meiner Heels hallten unnatürlich laut von den engen Häuserwänden wider. Jonas' Auto stand im Parkhaus. Die Altstadt von Stockholm war ein autofreier Bereich. Nur der äußere Ring der kleinen Insel war befahrbar. Jonas strich über den Türgriff und die Lichter des schwarzen Volvo SUVs blinkten zweimal hell auf, als ob das Auto sich freute, endlich wieder fahren zu dürfen.

„Macht es dir was aus, wenn wir kurz noch bei Karlsen vorbeischauen?", fragte mich Jonas, während wir einstiegen.

„Jetzt noch? Gibt's einen Grund?"

Ich sah auf meine Uhr. Karlsens Late-Night-Club schloss erst, wenn die Frühschicht für viele Menschen begann. Um diese Uhrzeit schaute Jonas normalerweise nie bei ihm vorbei.

Jonas nickte. „Tess hat sich vorhin krankgemeldet und Mel von Karlsen übernimmt diese Woche unsere Reinigung. Ich will kurz noch die Schlüssel vorbeibringen, dann muss ich morgen nicht extra reinfahren."

Die *BLUE CHILL LOUNGE* hatte Montag und Dienstag Ruhetag, sodass Jonas zwei volle Tage mit seiner Familie verbringen konnte.

„Klar, das versteh ich. Ich komm kurz mit rein."

Wir fuhren nach Norrmalm. Das Wasser des Stockholmströms schimmerte so schwarz wie der sternenlose Nachthimmel, während die reflektierenden Lichter der Stadt die Bewegung des Wassers andeuteten.

(...)

Jonas bog auf den VIP-Parkplatz vor dem *DANCING BIRD*. Um meine Füße zu schonen, stieg ich barfuß aus dem Auto und überquerte mit Jonas den Parkplatz. Der Bass dröhnte laut aus Karlsens Club.

„Dort ist noch ganz schön was los."

Karlsens Club war auch zu den unmöglichsten Zeiten brechend voll.

„Karlsen hat 'ne Liveband heute da. *Firing* irgendwas."

„Wenn sie gut sind, können wir sie auch mal einladen. Für das Waterfestival haben wir noch nicht alle Tage voll", erinnerte ich ihn.

Wir luden nur zu besonderen Anlässen Bands und Musiker ein. Die *BLUE CHILL LOUNGE* war klein. Wir hatten keine Bühne und nur eine mittelmäßige Soundanlage. Uns ging es weniger ums Tanzen, vielmehr ums Entspannen und Abhängen. Wir hatten eine treue Stammkundschaft, die abends gern ihren Drink zum Abschalten nach der Arbeit genoss und deren Lebensprobleme wir nur zu genau kannten. Nicht selten wurden wir Zeuge eines Ehestreits, wenn die Frauen ihre Männer aus der *LOUNGE* zerren wollten. Doch genau das machte unsere Bar sympathisch und hauchte ihr ein familiäres Flair ein, das ich sehr mochte.

Das ganze Gegenteil dazu war das *DANCING BIRD*. Es war die absolute In-Location für Musiker, Künstler, Jungunternehmer und

Studenten natürlich. Karlsen öffnete, wenn andere schlossen und machte buchstäblich die Nacht zum Tag. Seine Kundschaft war fluktuierender und bedeutend jünger als unsere. Es war der Club für alle über achtzehn und unter dreißig.

„Hör dir die Band mal an! Karlsen meinte, sie seien bereits gut ausgebucht. Sie müssen wohl voll der Insidertip sein."

Die zwei gorillaartigen Türsteher winkten uns durch und Jonas ließ mir den Vortritt. Ein erdrückender Schwall heißer Luft drängte sich mir entgegen. Die Tanzfläche war gut gefüllt und rhythmische Vibes belebten sofort meine müden Glieder. Zweifelsohne war die Band spitze, wenn es mich nach diesem Wochenende immer noch auf die Tanzfläche zog. Wir bahnten uns einen Weg zur Bar.

„Wo ist Karlsen?", brüllte Jonas über die laute Musik hinweg Olli an der Bar zu, dessen schwarz-tailliertes Hemd sich leicht über seinen Oberkörper spannte.

„Hinten!" Dieser deutete mit dem Daumen auf den VIP-Bereich und wandte sich dann zu mir. „Hey, Sveja! Willst du was trinken?"

„Einen White Lady bitte!"

„Kommt sofort! Geht für dich aufs Haus. Schließlich sind wir so was wie Kollegen." Olli zwinkerte mir zu.

Ich sah mich um, ob ich jemanden aus meinem Semester kannte. Doch ich entdeckte nur ein paar Gesichter flüchtiger Bekanntschaften vom Campus, aber niemanden aus meinem engeren Freundeskreis. So genoss ich die Musik und die angeheizte Atmosphäre des Clubs. Ich nahm mir vor, unbedingt mal einen Abend in der Woche mit Livia und Frida herzukommen. Einfach nur Tanzen und Spaß haben! Das hatten wir schon lange nicht mehr getan.

(...)

Die Klänge der Musik wurden ruhiger. Die Tanzfläche leerte sich. Viele strömten zur Bar und bestellten sich neue Drinks. Nur einige wenige Paare standen noch eng umschlungen und wiegten sich im Takt einer ruhigen Ballade. Auch die Lichteffekte flackerten nicht mehr so unruhig hin und her. Künstlicher Nebel verteilte sich auf der Tanzfläche und tauchte das *DANCING BIRD* in eine mystische Atmosphäre. Als ich zur Bühne schaute, stand die Band gerade auf und verließ diese. Nur der Gitarrist blieb zurück. Er hatte sich halb auf einen Barhocker gelehnt und spielte ein paar ruhige Akkorde.

„Der folgende Song ist für alle Verliebten unter euch“, brachte er als Ansage.

Er hatte einen Dialekt, den ich nicht einzuordnen wusste. Wieder zog ein Stich durch mein Herz. *Verliebt.* Ja, das war ich, doch irgendwie fühlte ich mich in dem Moment dennoch allein. Ich schaute erneut aufs Handy. Meine Nachricht blieb ungelesen. Es war auch mitten in der Nacht. Jeder normale Mensch schlief um diese Zeit, redete ich mir ein, während ich an meinem Cocktail nippte. Ich sollte jetzt definitiv nicht übersteigert reagieren. Schließlich gab es für alles eine logische Erklärung und vermutlich war Jan einfach etwas eher zurückgekommen, daran ging weder die Welt unter noch unsere Beziehung zugrunde.

Der Gitarrist begann, mit geschlossenen Augen zu singen. Er hatte eine raue, angenehme Stimme, die mich in ihren Bann zog. Sie vibrierte tief in meinem Innersten und verstärkte das flaue Gefühl in meiner Magengegend. Auf der anderen Seite schien sich die Distanz zwischen dem Gitarristen und mir aufzulösen, was völlig absurd war. Denn ich lehnte immer noch an der Bar und er spielte auf der Bühne. Seine Haare waren mit Gel aufwendig schräg nach hinten gestylt und schimmerten in der Bühnenbeleuchtung silber. Ein gepflegter Kurzbart verzierte seine Wangen. Er sah attraktiv aus. *Typisch!* Kein Wunder, dass die Band so gut ankam, bei so einem Aussehen.

„Purer than the morning light,
Brighter than the stars in the darkest night,
Deeper than the oceans are your shining eyes.“

Er machte eine kurze Pause. Nur seine Finger glitten elegant über die Saiten und zupften gefühlvoll die Harmonien des Songs weiter. Der Gitarrist öffnete seine Augen. Unsere Blicke trafen sich unmittelbar. Meine Hände wurden feucht und mein Herz, welches immer noch die Nachricht von Jan verdaute, stolperte, was absolut untypisch für mich war. Der Gitarrist sang die Worte abermals, ohne die Augen zu schließen und sah mich weiterhin an. Oder zumindest bildete ich es mir ein, denn warum sollte er ausgerechnet mich anstarren? Ich war nur eine von vielen in diesem Club.

Dennoch trocknete mein Mund bei diesem Gedanken aus und mein Hals verengte sich. Ich war dankbar, dass es im Club dunkel war, denn ich spürte, wie meine Wangen zu glühen begannen. Verunsichert brach ich den Blickkontakt ab und beobachtete die kuschelnden Pärchen auf der Tanzfläche. Als meine Augen ungläubig zu ihm zurückwanderten, zuckten seine Mundwinkel amüsiert nach oben, während sein Blick weiterhin auf mir ruhte.

Das bildete ich mir alles nur ein und der White Lady spielte meiner Wahrnehmung einen Streich, da war ich mir absolut sicher.

„Would you come with me, sweet girl?
Do you know there is more than just one world?
Could you save mine?
Your calling waits beyond the horizon."

„Er macht das gut, nicht wahr?"

Ich fuhr mit einem Schrei erschrocken zusammen. Der Rest meines White Ladys schwappte gefährlich im Glas hin und her und ich streckte meinen Arm von mir, um den Drink nicht über mein Top zu kippen.

„Oh, entschuldige! Ich wollte dich nicht erschrecken."

Ein Mann Mitte zwanzig stand plötzlich neben mir. Auch er redete in demselben Dialekt wie der Gitarrist. Seine dunkelbraunen Haare waren ebenfalls mit Gel schräg nah hinten gestylt. Allerdings waren seine Wangen rasiert. Er trug eine verwaschene Jeans mit Löchern und ein schwarzes, enges Shirt, das deutlich seine Muskelpartien abzeichnete. Ein Gym-Freak! Interessanterweise sah er dem Gitarristen auf der Bühne sehr ähnlich.

„Hast du nicht", log ich. „Ich ... äh ... war nur kurz in Gedanken."

Er lachte auf. „Natürlich. Das war nicht zu übersehen. Gefällt er dir?"

Meine Wangen gaben noch mehr Wärme von sich. Vermutlich leuchteten sie schon so hell wie eine rote Ampel. Wo blieb Jonas, verdammt noch mal?

„Wer?"

Er nickte mit seinem Kopf in Richtung Bühne und schmunzelte. „Der Sänger."

Um Himmels willen, was dachte der denn von mir? Ich war definitiv keine von diesen Groupies, die nach einem Gig mit irgendjemandem von der Band in einem Zimmer verschwand.

Ich räusperte mich. „Nein, ich ... äh ... mochte nur den Song. Gehört ihr zusammen? Ihr seht euch so ähnlich."

Er lachte herzhaft, was mich noch verlegener machte.

„Könnte man so sagen."

Was war das denn für eine Antwort? Eine, mit der ich definitiv nichts anfangen konnte. Besser, ich fragte nicht nach, denn ich hatte kein Interesse. Ich führte das Glas an meine Lippen, dankbar, etwas zu tun zu haben. Als ich wieder zur Bühne sah, stimmte der Gitarrist gerade einen neuen Song an. Er hatte seine Augen wieder geschlossen.

„Sveja!", hörte ich Karlsen feierlich meinen Namen rufen. „Lass dich umarmen!"

Dankbar für Karlsens Dazwischenfunken stellte ich das mittlerweile leere Glas auf der Theke ab und sprang vom Barhocker. Karlsen zog mich in seine Arme und sein üblicher Zigarillo-Geruch empfing mich.

„Warst du nicht sonst immer größer?"

Ich deutete auf meine Füße.

„Barfuß?", stieß Karlsen aus. „Zahlt dir Jonas nicht genug, dass du dir Schuhe leisten kannst? Du kannst jederzeit bei mir anfangen. Mein Angebot für dich steht, das weißt du ja."

„Nein, alles bestens. Ich hab sie nur im Auto gelassen."

Das fehlte mir gerade noch, bei Karlsen zu arbeiten. Ich mochte es, dass sich kaum ein Student in die *LOUNGE* verirrte. Im *DANCING BIRD* würde ich nie abschalten können. Karlsen lachte und deutete auf den Typen, der überraschenderweise immer noch neben mir stand.

„Jonas, darf ich dich mit dem Bandmanager der *Firing Pearls* bekannt machen?"

Bandmanager? O je!

„Leon Lind! Sehr erfreut."

Jonas und Leon gaben sich die Hand.

„Wenn du also die Bude mal richtig voll haben willst, dann musst du die *Pearls* einladen", sagte Karlsen. „Die machen so richtig Feuer in deinem Laden."

Jonas und Leon tauschten Visitenkarten aus. Leon reichte auch mir eine. Eine Adresse stand nicht drauf. Nur eine Handynummer und die Social Media Daten. Als ich sie umdrehte, stand handschriftlich hinzugefügt: *Ruf mich an!*

Unter Jonas' Visitenkarte stand es nicht. Verwirrt sah ich zu Leon, der mir nur zuzwinkerte. Jonas und ich verabschiedeten uns schließlich und ich winkte Olli am Tresen zu. Wir bahnten uns einen Weg zur Tür. Kurz bevor ich durch die Tür treten wollte, riskierte ich einen letzten Blick zu dem Gitarristen auf der Bühne. Überraschenderweise sah er mir hinterher, während seine Finger spielerisch die Saiten zupften. Als sich unsere Augen dieses Mal begegneten, brannte ein loderndes Feuer wie in einem Kamin darin. Einzelne Flammen züngelten nach oben. Eine feurige Hand schoss aus ihnen heraus in meine Richtung.

„Wir sehen uns wieder, Kleines", hörte ich eine dunkle Stimme mit dem merkwürdigen Dialekt in mir hallen.

Ich fuhr erschrocken zusammen.

„Sveja?" Jonas holte mich in die Gegenwart zurück. „Ist alles in Ordnung?"

Der Gitarrist schloss seine Augen und begann zu singen.

„Ja. Alles in Ordnung. Bring mich einfach nur nach Hause."

*„Perlensplitter" ist der erste Band der Romanreihe
„Die Chroniken der Drachenperle"
und ist als Book on Demand erschienen.*

Die stummen Felder

Roman (Auszug)

Von Dorothée Jansen

Der Mythos

Am Anfang war das Nichts. Da war nichts als Nichts. Rundum Leere. Ein Loch. Dunkel. Doch niemand kann nichts denken und auch nicht nichts begreifen. Ein Nichts kann nicht sein. Als das Nichts das begriff, lachte es über die Unmöglichkeit seines eigenen Daseins. Es lachte und lachte. Doch in der Leere des Nichts tat sich nichts durch das Lachen des Nichts. Nichts war zu hören. Nichts lachte mit. Nichts vibrierte, nichts resonierte durch die Schwingungen des Lachens. Als das Nichts das erkannte, wurde es traurig.

„Ach, wäre da doch ein Etwas, das ich rütteln und schütteln könnte mit meinem Lachen. Ein Etwas, das sich biegt und krümmt durch die Wellen meiner gurgeligen Töne. Ein Etwas, das mit mir lacht und Späße macht."

Und so kam es, dass das Nichts das erste Wesen schuf. Geschaffen durch die Töne des ersten Lachens. Geboren aus dem Nichts. In ihrem runden kugeligen Bauch wogten die Wellen, die durch das

Lachen des Nichts entfacht wurden. In ihren Ohren verfing sich der Klang dieses Lachens. Und weil diese erste Frau nicht anders konnte, so lachte sie. Weil es schön war zu lachen. Weil sie eine Antwort geben wollte auf das Lachen des Nichts. Weil sie es genoss, mit dem Nichts verbunden zu sein.

Das viele Lachen machte sie jedoch durstig. Ihre Kehle wurde trocken und sie ersehnte nichts mehr als Wasser. So erschuf sie den ersten Fluss, der direkt in ihren Mund hineinfloss. Tropfen für Tropfen, Schluck für Schluck, Liter um Liter trank diese erste Frau. Sie war die Göttin der Wasser, ihre Erschafferin, ihre Urmutter. Sie trank und trank. Ihr Bauch füllte sich immer mehr mit Wassern an, wurde runder und runder, bis er zu platzen drohte.

„Ich wünschte, ich könnte die Wasser auch wieder entlassen", dachte sie bei sich. „Ich brauche einen zweiten Mund, durch den die Wasser entweichen können." So erschuf sie ihre Vulva. Sie öffnete ihre Beine und entließ einen Schwall von Wassern. Die Wasser formten sich zu Flüssen, Seen und Ozeanen.

Damit diese einen Ort hatten, auf dem sie fließen konnten, schuf sie die Erde. Damit es in den Wassern lustig zugehe, schuf sie Fische, Schwämminnen, Algen und all die Wesen, die die Wasser bewohnen. Sie brachte ihnen ein Lied bei, das sie stets singen sollten, um sich an den Anfang, die große Urmutter und an das Lachen des Nichts zu erinnern.

Gesang der Wasserwesen

Anfang und Ende,
zusammen, eins.
Zerstückelst du sie,
so erhältst du keins.

Der Anfang endet,
damit das Ende erwacht.
Wer das Ende umarmt,
dem ein Anfang lacht.

Schlei, schlu schlei, dihu,
Schlingeli, schlei, dihu.

Schlei, schlu dihu – dihu.
Schlamm. Schlamm. Schlamm.

Schlei, schlu schlei, dihu,
schlingeli, schlei, dihu,
schlei, schlu dihu – dihu.

(...)

Frou-Frou

Frou-Frou hasste diese Wasser. Von oben auf die Wasser der Havel zu schauen war die einzige Art, wie sie sich diesem feuchten Element noch annähern konnte. Sie verabscheute ihren Anblick. Sie hasste es, sich zu duschen. Sie hasste es zu spülen und sie mochte auch keine Wasser trinken.

Fünfzehn Stockwerke hatte das Haus, in dem sie jetzt lebte. Sie selbst wohnte in der dreizehnten Etage, Blick gen Westen, sodass sie den Sonnenuntergang sehen konnte. Besser als Fernsehen. Der Balkon war durch eine Glasfront geschützt, die die aufsteigenden Winde abhielt.

Die kleine Wohnung um die Ecke von Magdas Bleibe hatte sie einen Monat nach dem Rausschmiss bezogen. Wall am Kiez. Früher sollte hier tatsächlich ein Wall gewesen sein, damit die Soldaten, die im Fischerkiez wohnten, nicht abhauen. Die Fischersiedlung war alt, von Slawen gegründet. Die Hochhäuser, in denen Frou-Frou wohnte, stammten aus den Siebzigern. Sozialistische Architektur an der sozialistischen Magistrale.

Rasch trank sie einen Schluck Kaffee. Dann ins Bad. Hose runter und aufs Klo gesetzt. Ohren zugesperrt, damit sie nicht das Rauschen ihres Urins hörte. Den Deckel zuschlagen. Den Blick in den Spiegel vermeiden. Mit der Bürste durch das Haar und fertig. Sie stieg in ihren dunkelblauen Wintermantel, schnappte sich den kleinen bereitgestellten Koffer und schloss die Wohnungstür.

Dreizehn Stockwerke, zwischen jedem befanden sich achtzehn Stufen, nach jeder neunten Stufe gab es ein Mittelpodest. Das machte zweihundertvierunddreißig Stufen am Morgen und ebenso viele am Abend. Frou-Frou hielt das für eine angemessene Art, sich fit zu halten.

105

Die Wände neben ihr halfen kaum, das Glucksen, Fließen, Strömen und Poltern nicht zu hören, das durch die Leitungen zog. Frische Wasser wurden in alle fünfzehn Stockwerke nach oben gepumpt. Die sechs Pumpen der Druckerhöhungsanlage hatten zu dieser frühen Stunde ordentlich zu tun. Wasser mussten für den morgendlichen Kaffee, den Gang aufs Klo, die Dusche oder die bereits angestellte Waschmaschine zur Verfügung gestellt werden. Der Behälter mit den Membran-Druckausdehnungsgefäßen gab sein Bestes, damit das stete An- und Ausschalten der Pumpen nicht zu hören war.

Über ein komplexes System von Fallleitungen, Umleitungen, Hauptlüftungen und Nebenlüftungen wurden die Abwasser dann nach unten zur Kanalisation befördert, um ins nahe gelegene Klärwerk transportiert zu werden. Auch diese Geräusche versuchte Frou-Frou zu überhören.

Stattdessen versuchte sie, sich ganz auf das Zählen der Stufen zu konzentrieren. Nur dieser zarte Film von Schweißperlen, der sich auf ihrer Oberlippe bildete, erinnerte sie unablässig daran, dass es sie gab: die Welt der Wasser. Mit einem Stofftaschentuch trocknete sie sich den Schweiß und machte sich auf den Weg zum Bus. Es regnete. Auch das noch. Sie spannte ihren schwarzen Schirm auf und wäre beinahe über die Katze gestolpert, die neben dem Hauseingang saß.

Heute war der siebtletzte Tag, bevor sie in den Ruhestand ging. Noch zweiundfünfzig Komma fünf Arbeitsstunden, dann hatte sie es geschafft. Schade, dass sie noch nach Polen reisen musste. Drei Tage. Dafür wurden ihr nur die üblichen siebeneinhalb Zeitstunden angerechnet, obwohl die Sitzungen wesentlich länger dauerten.

Die deutsch-polnische Grenzgewässerkommission kam zweimal jährlich zusammen. Vertane Zeit. Frou-Frou gehörte zum Team. Sie war Kartografin und arbeitete beim Landesumweltamt. Auch die Gewässerkarten des Landes Brandenburg gehörten zu ihren Aufgaben. Doch damit war bald Schluss und sie konnte endlich noch mehr Abstand zwischen sich und diese vermaledeiten Wasser bringen.

„Sie haben zweieinhalb Minuten Verspätung", raunzte sie den Busfahrer an, setzte sich, nahm den Koffer auf den Schoß, wischte mit ihrem Ärmel die beschlagene Scheibe trocken und schaute ins Leere.

(...)

Anna

E s war achtzehn Uhr, immer noch der zwanzigste Februar und
bereits dunkel zu dieser Jahreszeit. Wie jeden Abend kam Anna
in die Trauerkuhle der Neustädter Bucht. Frou-Frou war in Polen.
Wäre diese zu Hause, würden lediglich vierzig vertikale und vierzig
horizontale Meter sie von Anna trennen.

Eine Glasflasche klemmte unter Annas Arm und aus ihrer Mantel-
tasche lugte ein weißes Tuch heraus. Sie schob ihre Schuhspitzen
durch die Verstrebungen hindurch und lehnte die Unterarme auf
das Geländer. Ein Seufzer entrang ihrer Kehle.

Die beiden steinernen Löwen aus Taiwan wachten als schwarze
Schatten über die Neustädter Havelbucht. Etwa fünfzig Meter von
ihnen entfernt neigte sich der Weg in eine Senke hinein. Zu seiner
Rechten befand sich eine aus Backstein gemauerte Wand. Busch-
werk, Hopfen und eine große Eibe schirmten die Senke vor fremden Blicken ab. Vielleicht war es diese Geborgenheit, die den Ort
zu einem Wallfahrtsort hatte werden lassen für Einsame, für Trau-
ernde, für Menschen in Not und Isolation. Taschentücher hingen
an den Streben des Geländers. Trauer und Leid waren in sie hinein-
geweint und an die Streben gebunden worden.

Die Lichter der umstehenden Hochhäuser spiegelten sich auf der
glatten Wasserfläche und formten goldene, langgezogene Ovale.
Schwarz sahen sie aus, die Wasser. Noch dunkler als der Himmel,
der sich wie ein Zelt über die Bucht spannte. Das Funkeln der Lichter auf dem See hatte etwas Magisches, etwas Heimeliges, Vertrau-
tes. Anna tröstete deren Anblick. In der Tat waren die Wasser ihr
vertrauter als die meisten Freunde und Kommilitonen.

Zu erfahren, wie viele Menschen jährlich starben, weil sie
verdrecktes Trinkwasser zu sich nahmen, hatte sie heute während
der Vorlesungen entsetzt. Wieso durfte ein Staat die Grundwasser
privatisieren? Wie konnte es sein, dass Wasser nicht überall auf
der Welt als Allgemeingut anerkannt wurden? Wie konnte es der
Weltwasserrat zulassen, dass Wasser in Plastikflaschen gefüllt und
verkauft wurden? Gab es nicht schon genug Plastik in den Ozeanen
dieser Erde?

Anna studierte Geoökologie. Die meisten ihrer Kommilitonen waren politisch aktiv und sehr ambitioniert. Auch sie selbst.
Und doch traute sie sich nicht, ihnen mitzuteilen, wie sehr es sie

verletzte, dass Menschen verdursteten, dass Wasser vermarktet, dass sie nicht wertgeschätzt wurden. Denn sie liebte diese Wasser. Sie verehrte sie. Ja, sie vergötterte sie.

Deshalb fürchtete sie um die Zukunft der Wasser. Hier in Potsdam schienen solche Themen weit weg. Die letzten Sommer waren auch hier sehr heiß gewesen. Manch ein Gewässer hatte an Wasser verloren, immer breiter wurden die Ufer des Seddiner Sees. Die finsteren Teiche gab es nicht mehr, viele Bäume in den Parks der Stadt waren vertrocknet. Und doch schrie niemand auf. „Wasser? Kein Problem. Davon haben wir genug. Das sieht man doch."

Anna hatte in den Semesterferien viele Städte dieser Erde besucht, an denen die Wasser verehrt wurden. Sie war am Nil gewesen und am Ganges. In Haiti hatte sie mit den Anhängern Oshuns die heiligen Wasser besungen.

Von all ihren Reisen hatte sie Wasser in der Glasflasche mitgebracht, die sie bei sich führte. Jeden Abend goss sie ein paar Tropfen in die Havel hinein. Es gab ihr das Gefühl, einen kleinen Beitrag zu leisten, damit die Wasser mehr Anerkennung finden. Vorsichtig öffnete sie die Flasche und ließ einige Tropfen auf die glatte Wasserfläche fließen. Dort, wo sie landeten, bildeten sich Kreise. In deren Mitte stieg eine kleine Wasserfontäne nach oben, als würde der See einen kleinen Hüpfer machen vor Freude, diese fremden Wasser aufnehmen zu dürfen.

Annas Blick war ganz auf die Kreise gerichtet. Sie schloss die Flasche, stellte sie neben sich, richtete sich dann wieder auf und begann, für die Wasser zu singen.

Still und stumm,
still und stumm,
still und stumm
ruht der See.

Die Welt ist erstarrt,
die Menschen so hart
Kein Kuss, nur Verdruss,
oh weh.

Es schweigen die Wasser,
es schweiget der Mensch.

Ihr Gesang drang aus den Tiefen ihres Herzens und ließ ihren Brustkorb vibrieren. Gleichzeitig öffnete sich ihre Kehle. Atem floss. Die Haut pulsierte. Sie spürte eine Verbindung über das Pflaster, durch die Verstrebungen hindurch bis in den See hinein. Ihr Geist tauchte in die dunklen Tiefen. Ihre Seele tanzte mit all den Wesen, die in diesen Wassern lebten. Sie wurde eins mit den Wassern, eins mit dem See.

Tränen liefen ihre Wangen hinunter, flossen bis zum Kinn, hingen hier einen kurzen Moment, bis sie sich der Schwerkraft überließen und auf die Oberfläche des Sees glitten. Tropfen für Tropfen fiel auf die glatte Wasserfläche. Die Wasser von Annas Tränen verbanden sich mit den Wassern der Havel. Mit jedem Tropfen floss auch ein wenig Salz in die süßen Wasser des Flusses hinein.

Anna wusste, dass sie nicht die Einzige war, die hier weinte. Die Taschentücher sprachen eine eindeutige Sprache. Auch heute knotete sie wieder eines ihrer Stoffquadrate an das Geländer. Viele vor ihr hatten es ihr gleichgetan. Jetzt, gestern, einige Jahre schon.

Was Anna nicht wusste, schon seit vielen Jahrhunderten kamen Menschen an genau diese Stelle, um sich ihres Leides zu entledigen, sodass sich die Süße der Wasser an dieser Stelle gewandelt hatte in einen salzigen Fluss, der nach Meer roch, nach Weite und dem Salz der Ozeane.

Tief auf dem Grunde der Neustädter Bucht war ein Wesen gewachsen. Manche hielten es für eine Pflanze, es war aber ein Tier. Groß und rund erreichte es in seiner Höhe zwei Meter. Es war Heimat für viele der Wasserbewohner. Der kugelige Körper endete in einer weiten, leicht wulstigen Öffnung. Dessen Farbe erinnerte an Blut und innere Organe. Tagaus tagein pumpte dieses Wesen Tausende Liter von Wasser durch sich hindurch, reinigte die Wasser, blieb dabei selbst heil, beinahe unverwundbar.

Es war eine Schwämmin, eines dieser Wesen, die seit Millionen von Jahren die Erde bewohnten. Es war eine Große Vasenschwämmin, wie es sie sonst nur im Pazifik, der Karibik und dem Aralsee gab. Dieser große, runde Wasserkessel war gut und gerne zehntausend Jahre alt. Schon seit Ewigkeiten sammelte er alle Tränen der Menschenwesen.

Auch jetzt hörte die Schwämmin das Lied Annas und sammelte deren Tränen in ihrem bauchigen Inneren. Sie wusste, dass Anna recht hatte, um die Wasser zu fürchten. Sie wusste, dass sie still geworden waren, die Wasser. Viel stiller, als sie früher einmal waren. Das Lied der Wasser verklang. Stumme Felder breiteten sich aus. Sie ließen jedes Lied verklingen.

(...)

Die Blaualgen

Inwendigkeiten – Einstülpungen – Inversionen des Seins – Zentrifugationen – Strudel hinein – die Mittelpunktwogen – am Herzen der Welt – innere Schätze - Gedankenschöpfungspalast – Atelier meiner Träume – Visionengeburtsstätte – Ein- und Ausbildungsbrunnen – Bilderschöpfungsgebiet – seelengeflügeltes, tanzendes Herz – Wohlfühlparadies – Fülle des Seins – Quelle der Lust – goldener Tempel - Glückshöhle – Meinwärtssegel – Zumirführungswald – Stimmungslandschaften – Fühlfreudenvervielfältigungsreiche – Wesenskern – ich tief in mir – Erfüllungsstätte

Es waren Worte wie diese, nach denen sich die Cyanobakterien verzehrten. Wie gerne wären sie von diesen erfüllt. In ihnen große Leere, ein Loch nur, kein Kern. In langen Ketten bündelten sie sich zusammen, schlängelten sich über die Wasser. Richtung Mensch lautete ihre Devise. Fixiert auf Münder, auf Zungen, auf hörbare Laute. Schenkt uns ein „wohlwelliges, inwendiges Mein"!

Die Menschen, sie flohen, riefen Hund, Katze und Maus, jagten Junge und Alte aus den Wassern hinaus. Weg von den Schlieren, von dem blaugrünen Schleim. In Blaualgen-Welten stieg kein Lebewesen hinein. Sie fürchteten den Schwindel, das Erbrechen, den Schmerz. Angst vor Cyanogemälden ließ erschüttern ihr Herz.

Was aber ließ schwindeln, schenkte Durchfall und Kot? Waren es die Bakterien, die Feinde, die eigene Not? Auch aus den Menschen waren solche Worte verbannt. Wer von ihnen hatte sein Inneres zuletzt einen Wohlfühlvervielfältigungspalast genannt? Da gab es Organe, Knochen, Muskeln und Blut. Gemessen in Zahlen und Werten, das war gut. Kein Palast zeigte sich hier, kein geflügeltes Herz. Poesie ward empfunden als Scherz. Nüchterne Sprache, nüchterner Geist, Wohlfühlgefilde schon lange vereist. Das Eis der Antarktis, es sammelte sich hier, schaffte Gletscher und Schollen, wie ein Spalier.

Die Blaualgen litten, suchten hier, suchten dort. Von überall wurden sie vertrieben, fanden nirgends einen Ort. Sich rümpfende Nasen, Abscheu im Gesicht war alles, was sie ernteten, sobald man sie erblickt'. So zogen sie weiter. Flüchtende, ohne sesshaften Ort. Hund, Katze und Mensch, alle jagten sie fort.

Sie wollten Fülle um jeden Preis. Dem folgten sie mit emsigem Fleiß. Sie zogen und zogen in sich hinein und konnten dennoch nicht voller sein. Nichts, was sie nährte oder erfüllte. Nichts, was ihren Hunger stillte. Leere, unendliche Leere, nur Hülle. „Oh, schenkt uns ein ‚Inwendungsgefülle'!"

Die Wasser trugen sie, führten sie hinfort, suchten für sie einen sicheren Ort. Die Bakterien dauerten sie, sie litten mit ihnen, die den Wassermolekülen so einsam schienen. Sie freuten sich an ihrem eigenen Kern in ihrer Mitte, den hatten sie gern. Sie waren Wasser und Luft, zusammen gewebt. Weil es sich im Verbunde besser lebt. Im Trio lebendig und flüssig zugleich, durch die anderen gehalten und reich.

„Schenkt uns ein Meinwärts, einen Tempel der Fülle!"

Das Sehnen der Algen zerriss Räume der Stille. Wie Tote sie wandelten, der Seele beraubt. Ihr Leiden wurde von keinem Menschen geglaubt. Nur ein Kind erkannte, was den grünlichen Schaum bannte. „Mächtige Mitte mit Mümmeln bemummt", gab es aus wissendem Kindermund kund. „Sammelt und simmelt euch in euch hinein, werdet Palast der Freuden sein."

Meinwärts – inwärts – hinein – voll und fein – Mittelpunktwogen – großer Gefühleverein – schmatzende Spatzen im inneren Hain – Fische, die schwimmen auf inwendigem See – meinwärts – oh, meinwärts – dort möchte ich sein.

Dorothée Jansens Roman „Die stummen Felder" ist unter ihrem Pseudonym Dorothée Brüne bei Wortweberei erschienen.

Sommersturm

Erzählung (Auszug)

Von Christian Stobbe

Hinter dem Eingang führte ein Tunnel tiefer in den Berg, und als der Boden unter ihnen endlich nicht mehr von Eis bedeckt war und sie den Sturm nicht mehr hören konnten, kamen sie in eine hohe Kammer, die der Karawane hervorragend geeignet schien, um zu rasten und abzuwarten, bis das Wetter sich besserte – nötigenfalls über Nacht. Es gab eine kleine Senke, um ein Feuer zu machen, und eine Reihe glatter Felsen lag in einigem Abstand darum und bildete passende Sitzgelegenheiten. Der Boden dahinter war eben und wenn sie ihre Mäntel darauf ausbreiteten, konnten sie sich einigermaßen gemütliche Schlafstätten schaffen.

Von dem Tunnel abgesehen, der zurück zum Eingang führte, gab es nur noch einen weiteren Durchgang und der führte tiefer und tiefer unter den Berg. Während Jorryn ihre Kiepe von den Schultern nahm und ihre Pelze zu einem kleinen Lager ausbreitete, beobachtete sie im Schein der Laternen, die überall aufgestellt wurden, wie Hyne zunächst mit Phors sprach und dieser darauf einen der Träger, sie konnte nicht erkennen, wen, tiefer in die Höhlen schickte. Jorryn öffnete ihre Kiepe und überprüfte den Zustand der Waren, die sie transportierte. Honig und irdene Töpfe von West-Toimos, einige Kistchen mit Gewürzen aus Balkut, von deren Duft ihr schwindlig wurde, und in ein feines Tuch eingeschlagener Schmuck aus grünem Bernstein, den sie aus ihrer Heimat mitgebracht hatte. Alles war unversehrt. Sie legte die Waren wieder zurück an ihren Platz, verschloss die Kiepe und überlegte sich einen Grund, Phors anzusprechen.

Als sie ihn rief und zu ihm hinüber schlenderte, drehte er sich langsam um und blickte zu Jorryn. Sie spürte, wie er sie musterte, der Form ihres Körpers folgte, die sich unter ihrem Gewand abzeichnete.

„Ist alles in Ordnung?", fragte sie.

Phors wog seinen Kopf.

„Das hängt davon ab."

„Was meinst du?"

„Ob ich heute Nacht zur Ruhe komme." Er rieb sich den dichten Bart. „Weißt du, wie spät es ist?"

Jorryn schwieg.

„Im Sturm existiert keine Zeit", fuhr er fort. „Wir wissen also nicht, wo genau wir sind und wie die Sonne steht."

„Ich habe dich mit Hyne streiten sehen. Du wärst lieber zur Karawanserei zurückgekehrt, nicht wahr?"

Phors nickte.

„Hyne hat anders entschieden – und er hat gut entschieden. Wir waren unserem Ziel nicht ferner als der Karawanserei. Und niemand ist dem Sturm zum Opfer gefallen."

„Warum zweifelst du dann an deiner Ruhe?"

„Hyne hat eine Ahnung. Und das macht mir Sorgen."

„Ha!", rief Jorryn aus. „Hätte er einmal diesen Sturm erahnt. Dann wüsste ich deine Sorgen zu teilen."

Phors schüttelte seinen Kopf.

„Du weißt nicht, wovon du sprichst, Jorryn. Ich höre deinen Akzent und weiß, du magst die Phören für rau und dich selbst für abgebrüht halten. Aber als wir uns begegneten, bist du wahrscheinlich das erste Mal in Korlim gewesen und ganz sicher warst du nie zuvor jenseits der Stadtgrenze. Die Winde des Nordens lassen sich nicht erahnen. Dieses Land ist immer launisch und es verschluckt dich, gerade wenn es ihm passt."

Jorryn wandte sich ab und ging zurück zu ihrem Lager. Sollte Phors denken, was er wollte. Dass er wusste, wo ihre Heimat lag, sagte ihm nichts darüber, wer sie war. Er war ebenso selbstgerecht wie die harpunenschnitzenden Burschen, die sie kannte. Wenn sie einmal in ihrem Bett gelegen hatten, glaubten sie, sich zu ihr legen zu können, wie es ihnen gefiel. Sie glaubten, ihr Lager und ihren Körper mit ihrem Schweiß zeichnen und unterwerfen zu können. Aber sie wusch sich nach jeder Nacht in den Wellen des Ozeans und wenn sie zurück an Land ging, dann war sie so rein wie ein Kind.

Sie lag eine Weile auf ihren Pelzen und beobachtete die tanzenden Schatten, die von den Laternen an die Decke geworfen wurden. Es hatte etwas Beruhigendes, ähnlich wie die Bewegungen der Entrückten aus ihrem Dorf, wenn sie ihren Willen schlafen legten und ihre Leiber den gleichmäßigen Trommelrhythmen folgten, mit denen man sie umgab. Sie erinnerte sich an das erste Mal, als auch sie ihren Willen aufgegeben hatte und zu einer Entrückten geworden war. Erst hatte sie große Angst verspürt. Dann war sie eins mit den Trommeln geworden, war Klang, war Hämmern, war in die Dunkelheit strömendes Licht, war pulsierendes Leben gewesen. So fühlte sie sich sonst nur noch in der Umarmung ihrer Burschen. Sie folgte noch manchmal den Trommeln und manchmal nahm sie sich jemanden mit nach Hause. Wenn sie das eine nicht haben konnte, hatte sie noch immer das andere.

Jorryn richtete sich wieder auf. Der Träger, den Phors ausgeschickt hatte, kam aus den Tiefen der Höhle zurück und direkt auf ihn zu. Phors nahm ihn bei der Schulter und ging mit ihm zu Hyne. Jorryn erhob sich und näherte sich durch die Schatten den drei Männern. Jetzt erkannte sie auch den Dritten – es war Jysse, der im Sturm für die Karawane gespäht hatte.

„Was hast du gesehen?", brummte Hyne und beugte sich zu dem kleinen Mann hinab.

„Am Ende des Gangs fand ich eine weitere Kammer", brummte er. „Mir gegenüber war eine Höhlenwand, mit Löchern übersäht, so groß, dass du in jedem davon aufrecht stehen könntest, Eisbär." Jysse blieb ganz ruhig, während er erzählte, aber Jorryn sah ihn mit seinen Händen ringen.

„Und waren sie leer?", fragte Hyne, doch wartete Jysses Antwort nicht ab. „Sie waren es nicht, oder?"

„Die meisten waren leer", sagte Jysse, „aber aus einem starrten mich zwei Augen an, da bin ich sicher. Ich sah erst nur meinen Fackelschein sich in ihnen spiegeln und hoffte, sie seien tot. Aber ich habe die Bewegung der Lider gesehen, als sie sich schlossen. Und dann öffneten sie sich wieder und starrten weiter in meine Richtung. Sie haben mich beobachtet."

„Ich ahnte es", knurrte Hyne.

„Was ahntest du?", rief Jorryn aus den Schatten und trat zu ihnen heran. Jysse schnellte zu ihr herum und Phors zog die Augenbrauen zusammen, als er sie erkannte. Nur Hyne ließ sich keine Überraschung anmerken. Ihr war, als hätte er sie längst gewittert.

„Dies ist das Heim eines Lindwurms."

„Du hast uns in den Bau eines Ungeheuers geführt?", rief Jorryn aus.

„Schweig, Jorryn!", erwiderte Phors und stellte sich zwischen sie und Hyne. Jorryn sah sich um. Alle Blicke waren plötzlich auf ihre kleine Gruppe gerichtet.

„Warum?", rief sie zurück und deutete mit ihren Armen auf die anderen Träger. „Sollen wir uns vielleicht auffressen lassen?"

„Nicht alle", brummte Hyne. Dann trat er in die Mitte der Kammer und wie durch einen unsichtbaren Wink versammelte sich die Karawane um ihren Anführer.

„Wir sind im Nest eines Lindwurms gelandet!", wiederholte er. „Ihr wisst, was dies heißt!"

Doch Jorryn konnte in den Gesichtern der unerfahrenen Träger sehen, dass sie keineswegs wussten, was nun geschehen sollte. Sie sahen sich an und nährten gegenseitig ihre Furcht.

Dann trat Phors neben Hyne. „Ich melde mich freiwillig", rief er laut. „Wer folgt noch dem Ruf des Eisbärn?"

Jorryn erkannte, wie Loph aus der Menge trat. „Ich habe diese Höhle für uns gefunden", sagte er, „und werde für die Gruppe mit meinem Leben einstehen."

Dann wurde es ruhig. Hyne und Phors sahen in die Menge und schienen auf etwas zu warten. Doch es tat sich nichts und schließlich rief Hyne: „So folgt niemand mehr. Ehrt Phors und Loph!"

Und die älteren der Träger schrien auf und warfen ihre Arme hoch, während die jüngeren sich weiter ansahen und nicht wussten, wie ihnen geschah.

Jorryn nahm Phors beim Arm und drehte ihn zu sich herum.

„Was geschieht hier, Phors?"

„Loph wird gegen mich kämpfen."

„Ihr kämpft nicht gegen das Ungeheuer?"

Phors seufzte.

„Der Lindwurm ist kein Monster, Jorryn. Wir sind in sein Heim eingedrungen und er fordert einen Preis, damit wir bleiben dürfen. Wie würdest du einen ungebetenen Gast behandeln?"

„Ich würde ihn hinauswerfen", sagte sie.

„Und wenn er dennoch bleibt?", fragte Phors weiter.

Jorryn ahnte, worauf Phors hinaus wollte. Sie überlegte, wie sie antworten sollte. Sie war sich sicher, dass er eine Lüge durchschauen würde. Es brachte ihr nichts, ihm in diesem Moment überlegen sein zu wollen.

„Ich würde ihn töten", gab sie zu.

Phors nickte.

„Dann ist es unser Glück, dass wir nicht in deinem Haus gelandet sind – sondern in dem des Lindwurms."

„Erklär mir, was nun geschieht."

Phors bedeutete ihr, ihm zu folgen. Er ging zu seiner Kiepe, öffnete sie und zog ein langes Stoffbündel hervor.

„Es existiert ein Pakt. Uns wird gestattet, die Nacht hier zu verbringen, wenn einer aus der Gruppe geopfert wird. Schließlich muss der Lindwurm fressen."

„Das ist grausam!"

„Ja."

Phors schlug das Bündel auf. Ein Schwert lag darin, schlicht und nur in mäßig gutem Zustand. Heft und Scheide waren fleckig, die Klinge stumpf und schartig, als Phors sie hervorzog.

„Aber warum kämpft ihr dann gegeneinander?"

„Der Wurm lässt uns das Opfer wählen. Wir wissen um unsere Verantwortung für die Karawane und darum haben wir uns freiwillig gemeldet. Dennoch fürchten wir den Tod, wie alle Menschen. Also kämpfen wir um unser Leben."

Phors hob einen Stein vom Höhlenboden auf, der ihm passend erschien, und begann, ihn über die Schneide zu ziehen. Das rhythmische Schleifen ließ Jorryn frösteln und sie wandte sich wieder ab und ging zurück zu ihrem Lager. Sie starrte erneut an die Decke, wollte ihren Willen den tanzenden Schatten übergeben, wieder entrückt sein, doch das Geräusch des Schleifens verfolgte sie durch die Kammer und hielt sie wie eine Fessel zurück.

„Jorryn."
Jorryn erschrak. Sie hatte Hyne nicht kommen hören. Der alte Karawanenführer beugte sich über sie und starrte sie ausdruckslos an.
„Jysse fuhr früher zur See", fuhr er fort. „Sein Schiff sank und er überlebte als einziger. Danach mied er den Anblick des Meeres. Er kam zu mir, um seinen Mut wiederzufinden."
Jorryn rappelte sich auf. Sie hatte das Gefühl, Hyne würde sich jeden Moment auf sie stürzen und einfach verschlingen. Hinter seinem Gesicht, auf dem sich kein Gefühl zeigte, kochte der alte Mann.
„Loph war Priester im Tempel in Korlim", erzählte Hyne weiter. „Er stahl Schätze, die den vier Geistern geopfert wurden und wurde verbannt. Er kam zu mir, weil er ihre Rache fürchtete."
„W-was?", stotterte Jorryn.
„Phors verließ seine Heimat auf der Suche nach einem Sinn." Hyne schien ein heftiges Feuer in sich eingeschlossen zu halten. Seine Augen verengten sich zu Schlitzen und er spannte seinen ganzen Körper an, damit der nicht einfach barst. „Er bleibt, obwohl ich ihm nicht geben kann, was er will."
„W-warum erzählst du mir das?"
Hyne atmete ein. „Ich frage mich, was *du* hier tust. Ich kann es nicht lesen. Das missfällt mir."
„Warum solltest du das wissen müssen?", gab sie spöttisch zur Antwort. Doch schon kurz darauf bereute sie den Ton, den sie angeschlagen hatte. Sie schluckte und sagte: „Phors hat mich angeheuert. Genügt es denn nicht, dass er mich für fähig hielt?"
„Ich vertraue ihm", gab Hyne zähneknirschend zu, „doch er hält mehr von dir als ich. Dir haftet etwas an, das mir Angst macht."
„Dir macht etwas Angst?" Jorryn machte große Augen.
Hyne schnaubte, schnellte zu ihr herab und presste ihr Gesicht zwischen seine Pranken.
„Gefährlichen Ballast lasse ich zurück", grunzte er. „Ich töte dich, wenn du dich als solcher erweist." Dann ließ er sie los und erhob sich wieder.

Jorryn stand auf. Sie hatte genug davon. Weder Phors noch Hyne hatten das Recht, so mit ihr zu reden.

„Meine Gründe bleiben bei mir", zischte sie und zog ihre Augenbrauen zusammen. „Du musst nur wissen, dass ich meine Kiepe bis an unser Ziel trage."

Hyne richtete sich auf.

„Das genügt nicht", brummte er. Dann drehte er sich um und ging fort.

Am Durchgang zur Kammer des Wurms hatten sich die übrigen Träger versammelt. Phors und Loph standen vor ihnen. Sie waren nackt. Nur ihre Waffen trugen sie noch bei sich. Kleider und Habseligkeiten lagen zusammengefaltet und zu einem kleinen Haufen aufgetürmt auf dem Boden. Jorryn verstand die Absicht dahinter. Einer von ihnen würde sie nicht mehr benötigen, für den anderen hatten sie jedoch noch immer Wert. Und der Lindwurm würde sie nicht mehr hergeben, wenn er sie erst mit dem Verlierer des Kampfes aufgefressen hätte. Sie erwischte sich bei dem Wunsch, dass Phors überleben sollte. Er sollte zu ihr zurückkehren.

Als Hyne zu der Gruppe trat, setzte sie sich in Bewegung. Jorryn sprang auf und eilte ihnen nach. Wie eine heilige Prozession strömten sie in den Durchgang, der sie zur Kammer des Wurms führte. Fackeln und Laternen schwammen in einem Fluss der Finsternis. Alle Gesichter waren konturlose Schatten geworden, die im diffusen Schein zappelten. Jorryns Herz klopfte wilde Trommelrhythmen. Die Schritte der Prozession gaben den Takt. Dann spie der Durchgang sie aus und Jorryn sah das Ungetüm. Für einen Moment erstickte sie fast an ihrem Atem. Aus einer der Öffnungen in der Wand ihr gegenüber ragte eine wie zu einem stumpfen Kegel geformte Schnauze. Sie hatte sich den Lindwurm mit Panzerschuppen übersät vorgestellt, aber stattdessen glänzte dessen Haut in mattem Grau. Er ähnelte eher einem gigantischen Aal, dessen blasse Augen bei dem Aufgebot, das ihm zur Gnade veranstaltet wurde, aufgeregt hin- und herzuckten. Davon abgesehen war er einfach nur da. Er grunzte nicht, er brüllte nicht. Er zischte nicht, bewegte sich keinen Fingerbreit in seinem Loch. Er war nur ein Gesicht, in dessen Zügen Hunger und Gier wuchsen.

Die Gruppe verteilte sich in der Kammer des Lindwurms. Keiner von ihnen schien auch nur im Mindesten zu befürchten, dass die Bestie ihnen gefährlich werden könnte. Jorryn aber ließ dessen

Gesicht nicht aus ihren Augen. Hin und wieder rempelte sie einen der anderen Träger an, weil sie nicht ganz bei der Sache schien. Aber sie wollte keine Überraschung erleben. Nicht, dass sie sich ernsthaft in der Lage gefühlt hätte, dem Wurm etwas entgegenzusetzen, wenn er plötzlich den Entschluss fassen würde, sie alle zu verspeisen. Doch es lag ihr fern, sich einem solchen Schicksal zu fügen.

Als Jorryn doch einmal ihre Aufmerksamkeit auf die Gruppe lenkte, hatte diese eine Art Kampfring geformt. In dem Raum, den die übrigen Träger umspannten, standen sich die entkleideten Kämpfer gegenüber. Phors und Loph beobachteten sich gegenseitig. Wenn einer einen Schritt zur Seite machte, tat der andere es ihm gleich. Sie tanzten umeinander zu einer ungehörten Musik. Sie hoben ihre Waffen, täuschten Schläge vor, zuckten voreinander zurück. Dann sprang Loph plötzlich nach vorne, schwang seine Axt vor sich her wie einen Fliegenwedel und trieb Phors an den Rand des Rings. Jorryn erkannte, dass Loph kein geübter Kämpfer war. Aber er war geschickt genug, seinen Gegner zu überraschen. Ein zweites Mal würde es ihm nicht so leicht gelingen. Jorryn atmete aus, als sie sah, dass Loph sich wieder in die Ringmitte zurückzog. Phors hob sein Schwert und eilte ihm nach. Dieses Mal war er an der Reihe, Loph zurückzudrängen. Phors hieb auf ihn ein und Loph hatte alle Mühe, die Schläge abzuwehren. Er ächzte, stolperte und fiel hinten über. Doch als Phors über ihm stand, zögerte er, den Kampf zu beenden. Jorryn spannte sich an. Dann wanderte ihr Blick zu dem Lindwurm. Er hatte seine Schnauze weiter aus seinem Loch herausgeschoben. Seine Krallen ragten nun über den Rand der Öffnung hinaus und seine Augen verfolgten das Geschehen mit großem Interesse.

Als ein Schrei ertönte, drehte sie den Kopf wieder dem Kampf zu. Phors hatte eine Wunde in seinem Schildarm erlitten. Aus einem Schnitt in seiner Schulter tropfte Blut. Er musste sie instinktiv Loph präsentiert haben, um eine gefährlichere Verletzung zu vermeiden. Eine rote Spur bildete sich auf dem Weg, den der große Kämpfer durch den Ring zurücklegte. Doch Loph hatte noch keinen Sieg errungen – Phors' Schwertarm war nach wie vor unverletzt. Phors probierte ein Täuschungsmanöver nach dem anderen. Irgendwann schwand Lophs Vorsicht und er reagierte kaum noch auf Phors' Finten. Nach einem weiteren angedeuteten Schlag sprang Phors auf

Loph zu, schrie ihm dabei ins Gesicht und jagte ihm einen ordentlichen Schreck ein. Loph hob seine Axt vor sich, Phors holte zum Hieb aus und trennte den Axtkopf vom Stiel. Lophs Blick wanderte entsetzt zwischen den beiden Hälften seiner Waffe hin und her. Ehe Phors zu einem weiteren Schlag ausholen konnte, warf Loph ihm jedoch den Axtgriff entgegen, setzte nach und sprang ihm gegen die Brust. Er hielt seinen Gegner fest umklammert und Phors konnte keinen Schlag mehr landen.

Jorryn biss die Zähne aufeinander. Loph schindete nur Zeit. Er war nicht kräftig genug, Phors in dieser Haltung ernsthaften Schaden zuzufügen – er konnte ihn nur für eine Weile daran hindern, ihm selbst zu schaden. Aber Loph drückte sich enger an Phors' Oberkörper. Er ließ ihn stolpern und wollte ihn zu Fall bringen. Endlich gelang es ihm. Jorryn hielt die Luft an. Die beiden Männer wälzten sich über die Felsen, sie grunzten und schlugen und traten sich dabei. Phors hatte im Getümmel sein Schwert verloren. Seine Muskeln spannten sich an, als er Lophs Arm griff und auf dessen Rücken zu biegen versuchte. Loph jaulte vor Schmerzen auf. Phors stieß ihn von sich und schaute sich nach seinem Schwert um. Als er es am Rand des Kampfringes liegen sah, hetzte er darauf zu. Loph erkannte, was er vorhatte, und eilte ihm nach. Phors warf sich auf sein Schwert, drehte sich auf den Rücken und empfing den nahenden Loph. Der hob seine Arme zur Abwehr, als er sich auf Phors stürzte. Er schrie auf, als die Klinge sich in sein Fleisch schnitt. Loph taumelte rückwärts und sah auf die Schnitte an seinen Unterarmen. Die Wunden reichten tief, bis auf den Knochen. Vor Schmerzen verzog er sein Gesicht und hielt sich die Arme vor die Brust. Alle in der Kammer wussten, dass er den Sieg nicht mehr erringen konnte – ihn selbst eingeschlossen. Er zögerte den tödlichen Treffer hinaus, als er sich unter Phors' Schwerthieben wegduckte, und schluchzte dabei. Er wollte nicht sterben. Vielleicht hatte er gehofft, als derjenige aus dem Kampf hervorzugehen, der der Karawane eine Nacht in der Sicherheit dieser Höhle erstritten hatte. Als ein Held. Jetzt hatte er Angst, Angst davor, tödlich getroffen zu werden, Angst davor, von dem Lindwurm gefressen zu werden. Er stolperte panisch durch den Ring, schaute flehentlich in die Gesichter seiner Gefährten, hoffte auf ihr Erbarmen.

Phors fing ihn schließlich ab. Er griff ihn bei der Schulter und drückte ihn zu Boden. Dann hielt er ihm seine Klinge an die Kehle –

und zögerte erneut. Loph atmete heftig. Er schloss seine Augen und spannte den ganzen Körper an.

„Ich will es nicht sehen", wimmerte er. „Sag mir nicht, wann du mich triffst. Tu es einfach."

Dann zog Phors seine Klinge durch Lophs Hals, trat einige Schritte zurück und sah sich mit Entsetzen den Felsboden unter dem Körper seines Gegners dunkelrot färben. Loph röchelte. Er versuchte sich die Wunde am Hals zuzudrücken, sein Blut daran zu hindern, aus seiner Kehle herauszufließen wie Wasser aus einem durchlöcherten Schlauch. Vergebens.

Ein Grunzen wie das Knirschen von Stein erinnerte Jorryn an den Wurm, der über ihnen aus seiner Öffnung ragte. Er schob seinen massigen Körper aus seinem Loch und ließ ihn in die Kammer hinab. Die anderen Träger stoben auseinander und drängten auf den Durchgang zur vorderen Kammer zu. Nur Phors zögerte noch. Seine Blicke hafteten auf dem sterbenden Loph. Der Niedergestreckte schien tief in sich hineingeblickt zu haben, aber jetzt spürte er den sich nähernden Lindwurm und sah ihm mit Schrecken entgegen. Endlich erwachte Phors aus seiner Starre, eilte zurück in den Durchgang und wandte sich noch einmal um. Jorryn stand neben ihm und folgte seinem Blick. Der Lindwurm baute sich über Loph auf, öffnete sein Maul und erstickte dessen Röcheln mit einem kräftigen Biss. Dann wandten sie sich ab und während sie den anderen Trägern in die vordere Kammer folgten, hörten sie hinter sich nur noch das Splittern von Knochen, das Reißen von Fleisch und Gewebe und das Schmatzen ihres Gastgebers.

Christian Stobbes Erzählung „Sommersturm", der dieser Text entstammt, ist bislang unveröffentlicht.

Zigaretten für das Universum

Ein Prolog

Von Julius Hilker

Init

S chinken, Ei und veganes Aioli. Warum auch immer die sowas in der Cafeteria haben." Wencke hielt Jabari einen Teller unter die Nase. Auf dem Bildschirm lief ein Ladebalken mit dem Universum um die Wette. Es war 2021, irgendwo in einer menschenleeren Gegend der chilenischen Anden. Eine ideale Gegend, um die Sterne zu beobachten. Kein störendes Licht, keine störenden Menschen. Und in diesem Moment auch keine störenden Kollegen. Nur die beiden und Low Brow, ihr treuer KI-Assistent. Ein Wassertropfen fiel in einen Brunnen, ein Ladeprozess war abgeschlossen. Das Sandwich zermalmend sah er Wencke an und zog seine Augenbrauen zweimal nach oben. Sie warf einen kurzen Blick auf den Bildschirm und schaute dann wieder in sein kauendes, grinsendes Gesicht. Es dauerte einen Moment bis sie simultan die Augen zusammenkniffen und ihre volle Aufmerksamkeit den Daten auf dem Monitor schenkten.

An diesem Abend entdeckten die beiden einen Schurkenstern. Scheinbar losgelöst von der Schwerkraft der Galaxie schien er sich auf einem stetigen Kurs aus der Milchstraße heraus zu befinden. Eine enorme Kraft musste ihn aus den Gravitationskräften der Galaxie geschlagen haben. Vielleicht war es auch ein Stern aus einer anderen Galaxie, der die Milchstraße auf seinem Weg ins Nichts durchquert hatte. Ein Mysterium tat sich auf und formte ein Band, das stärker war als die recht frischen und noch fluktuierenden Anziehungskräfte, die zwischen den beiden sowieso schon herrschten. Sie gaben dem Stern den Namen des Kindes, dass sie einmal kriegen sollten: Hilma.

Ein paar Jahre später wurde Hilma geboren, studierte und landete als leitender Ki-Entwickler mitten im Zentrum einer folgenreichen Revolution. Die Entwicklung der künstlichen Intelligenzen war exponentiell vorangeschritten und hatte für große Probleme gesorgt. Autonom agierende KIs, die drauf und dran waren, sich ihrer Erbauer mit Kriegswaffen zu entledigen, konnten nur gestoppt werden, indem eine Reihe über den Globus verteilter Rechenzentren durch Raketenangriffe zerstört wurden. Dafür war extra ein KI-unabhängiges System erschaffen worden, von dem sich die ganze Menschheit gewünscht hatte, es nie einsetzen zu müssen. Als Reaktion auf diesen Zwischenfall entstand eine globale Gesetzgebung speziell für die Regulierung von Künstlicher Intelligenz, an der sich sogar Nordkorea beteiligte.

Hilma war einer der Programmierer, die den Auftrag bekamen, die neue, globale KI zuverlässig und absolut ungefährlich für die Menschheit zu machen. Während auf seinem Bildschirm eine Prozentzahl in einer Kommandozeile mit dem Universum um die Wette lief, trank er Kakao aus seiner Commander-Data-Tasse und kritzelte mit einem abgekauten Bleistift Comicsterne auf seinen Notizblock. Es waren Sterne mit Augenklappen, Narben, finsteren Gesichtsausdrücken, Häftlingskleidung, schwarzen Katzen auf dem Schoß und vielen anderen Eigenschaften, die in seinen Augen etwas Schurkisches hatten. Auf einem Klebezettel, der am Bildschirm von Fritz The Fuck, seinem treuen Computer, klebte, standen die Koordinaten des Sterns, den seine Eltern entdeckt und nach ihm benannt hatten. Er liebte seine Eltern für dieses Geschenk, das nur sie und er überhaupt verstehen konnten. Dieser Name war nicht offiziell. Es war ein Geheimnis zwischen Eltern und Kind. Auf

Grund der scheinbar endlosen Masse neuer Daten über das Universum, die in den fünzig Jahren seit seiner Entdeckung gesammelt worden waren, hatte niemand dem Stern besondere Aufmerksamkeit geschenkt. Es war gut möglich, dass außer Hilmas Eltern und ihm selbst niemand von dem gleichnamigen Stern wusste.

Der KI sollten bestimmte Vorgaben gemacht werden, welche Dinge sie auf gar keinen Fall tun durfte. Um zu verhindern, dass findige Schurken einen Weg fanden, diese Vorgaben zu umgehen, war Hilmas Team damit betraut worden, Systeme zu entwickeln, deren Restriktionen nicht neural antrainiert, sondern fest in die Hardware integriert waren. Und Hilma fiel die Aufgabe der finalen Überprüfung des Codes zu. Er war die letzte Instanz, bevor das neue System in die Welt gelassen werden sollte.

Vor ihm lag eine lange, ausgedruckte Liste, die er Tag für Tag abarbeitete. Er las den Code, glich ihn mit den Testergebnissen seiner Kollegen ab, ließ ihn durch einen Compiler laufen, testete und testete, zeichnete Schurkensterne und freute sich über sein Geheimnis. Die einmalige Chance, die ihm sein privilegierter Job bot, hatte er genutzt und dafür gesorgt, dass der Stern seiner Eltern ein Geheimnis bleiben würde, für die ganze Menschheit und erst recht für das System. Unbemerkt hatte er der KI die Anweisung eingepflanzt, seinen geliebten Schurkenstern auf seinem Kurs aus der Galaxis für immer zu ignorieren. Er war von nun an Hilma – der unsichtbare Stern.

Löwen

Die Befürchtungen hatten sich nicht bewahrheitet. Das neue System war nicht schlimmer und aggressiver als das alte, die Menschheit war nicht untergegangen oder durch ein digitales Superbewusstsein ersetzt worden. Ganz im Gegenteil: Der Plan, eine neue, globale und von Grund auf menschenfreundliche KI zu entwerfen, war voll und ganz aufgegangen.

Probleme wie die globale Erwärmung und ihre desaströsen Folgen, denen sich die Menschen des 21. Jahrhunderts schmerzlich bewusst wurden, konnten mit Hilfe des Systems langsam, aber stetig in Angriff genommen werden. Vom System koordinierte Maschinen, die von den Menschen als „Helferdrohnen" bezeichnet wurden, fingen an, die Ozeane zu säubern, Wälder aufzuforsten und den Lebensraum bedrohter Tierarten zu restaurieren. Mit Hilfe des Systems wurden Formeln für saubere Kraftstoffe gefunden und Wege zur nachhaltigen Verwertung von CO_2 und Atommüll entwickelt.

Als eine Stabilisierung und später sogar das Absinken der Temperaturen bestätigt werden konnte und das Eis der Arktis langsam zurückkehrte, verbreitete sich ungekannter Optimismus auf dem Planeten.

Das System sorgte dafür, dass die gesamte Menschheit Zugang zu Medizin und Nahrung bekam. Solar- und Windenergie wurden zu den Hauptstromquellen und das System begann, sich zwischen Erde und Mond auszubreiten, um Strom außerhalb der Erde zu produzieren. Dieser konnte dank neuer drahtloser Übertragungstechnologien zur Erde transferiert werden.

Die Menschen wandten sich der Natur zu, so wie noch nie in ihrer Geschichte. Gemeinsam mit dem System pflegten sie ihren Planeten gesund.

Es waren diese Tage des Aufbruchs und der Hoffnung, als das System begann, ein gigantisches Rechenzentrum auf dem Mond zu bauen. Um den natürlichen Anblick für die Menschheit zu erhalten, wurde die Struktur auf der Rückseite angelegt. Während das Ökosystem der Erde mit allen Mitteln restauriert wurde, war der lebensfeindliche Weltraum den Maschinen vorbehalten. Bestrebungen für die menschliche Raumfahrt gab es nur in sehr geringem Ausmaß, und sie beschränkten sich im Grunde genommen auf Hobbyraumfahrer und Extremsportler.

Die Menschen hatten tatsächlich aus vorangegangenen Fehlern gelernt und ein System erschaffen, das für sie alle sorgte und technisch nicht dazu in der Lage war, gegenüber seinen Erschaffern Feindseligkeit zu entwickeln.

Doch an einem Donnerstag im Frühjahr trug sich Folgendes in einem Zoo in Johannesburg zu: Durch eine Reihe unglücklicher Umstände gelangte eine Löwin aus ihrem Gehege. Sie griff eine Gruppe von Menschen an und tötete zwei von ihnen auf der Stelle. Das omnipräsente System beobachtete diesen Vorfall natürlich. Es brauchte 3,136 Sekunden, um die Spezies Löwe als existenzielle Bedrohung einzustufen. Nach weiteren 22 Minuten waren alle Löwen auf dem Planeten tot.

Die Menschheit war paralysiert, und nach einigen Wochen der Ohnmacht wurde unter großer Zustimmung ein folgenreicher Entschluss gefasst: „Projekt Empathie" wurde ins Leben gerufen. Da es außer Frage stand, das System abzuschalten, wurde ein weiterer Eingriff in den harten Code autorisiert. Ausgestattet mit verbesserten Instruktionen wurde das System neu gestartet. Von diesem Tag an war es die unveränderbare Aufgabe des Systems, nicht den Menschen als Spezies, sondern das Gleichgewicht des Ökosystems der Erde zu schützen und sich dessen Lebensformen gegenüber empathisch zu verhalten, so dass die Menschheit langfristig davon profitieren könne.

Jahre vergingen und das von der Menschheit ersehnte Utopia nahm Gestalt an. Im Namen der Menschheit kolonisierte das System die Planeten und Asteroidenfelder und machte deren Ressourcen nutzbar. Autonome Raumschiffe bevölkerten das Sonnensystem und jeder Fortschritt, jede Berechnung des Luna-Rechners wurde mit der Menschheit geteilt. Nach Jahrtausenden des Konflikts und der Auseinandersetzung, war der Frieden endlich erreicht.

Kontakt

Es war ein lauwarmer Abend in einem kleinen Baumhaus auf einem Hof in Yorkshire. Durch ein Fenster im Dach beobachtete Linda die Sterne und lauschte halbherzig einem klassischen Hörspiel im Radio. Ganz sich selbst zugewandt und voll versorgt, beschäftigten sich die Menschen mit alten Technologien, zu denen sie eine nostalgische Beziehung aufgebaut hatten. Die Malerei, Romane und das Radio erfreute sich großer Beliebtheit.

Plötzlich wurde das Programm unterbrochen. Ein Rauschen war erst ganz leise zu hören und wurde dann immer lauter. Linda wunderte sich und drehte an den Reglern des Radios, in der Hoffnung das Programm wieder empfangen zu können. Dann war wieder etwas zu hören, aber es war weder Christopher Robin noch Pu der Bär ... Eine ihr unbekannte, seltsam fremdartige und doch vertraute Stimme ertönte aus den Lautsprechern. Es war eindeutig eine Stimme, doch Linda konnte sie nicht verstehen.

Die Sendung ging noch einige Minuten weiter und Linda wurde immer frustrierter bei dem Versuch, das Hörspiel wieder zu empfangen, was ihr nach einer Weile endlich gelang. Sie stellte das

Radio auf den Boden und dachte über diesen seltsamen Moment nach. Sie fragte sich, um welche Sprache es sich gehandelt haben könnte.

Diese Sendung war über mehrere Wochen immer wieder zu hören, überall, auf allen Frequenzen. Vorerst war es ein unerklärbares Mysterium. Einige Tage später entdeckte ein Raumschiff des Systems im Kuipergürtel eine außerirdische Raumsonde. Diese sendete ununterbrochen das mysteriöse Signal in der sogar für das System nicht entschlüsselbaren Sprache.

Die Sonde wurde umgehend demontiert und analysiert, woraufhin die Sendung abbrach. Die gefundene Technologie widersprach allen gängigen Vorstellungen der Physik und des Universums. Die Erkenntnisse, die das System zur Erde übermittelte, sorgten für eine Mischung aus Panik und Jubel, Angst und Aufbruchstimmung. Das erste Lebenszeichen einer außerirdischen Zivilisation. Es war unmissverständlich klargestellt worden, dass die Menschheit nicht allein im Universum war. Und nicht nur das: Offensichtlich hatten es die Erbauer der Sonde auch geschafft, Technologie zu entwickeln, die die Begrenzung der Lichtgeschwindigkeit überwand und interstellare Reisen ermöglichte.

Menschen

Im Sonnensystem entstanden automatische Werften, die ohne Unterbrechung Raumschiffe produzierten. Diese waren mit der außerirdischen Technologie ausgestattet.

Erste Raumschiffe machten sich auf den Weg in das unentdeckte Land, um für die Menschheit die Galaxie zu erkunden. Nach einigen Tagen erreichten die ersten echten, gestochen scharfen Bilder von Planeten anderer Sonnen die Erde. Das Universum war näher an die Menschheit herangerückt. Doch von der fremden Zivilisation gab es keine Spur.

Eine nahezu religiöse Euphorie hatte von der Menschheit Besitz ergriffen. Unter Hochspannung warteten die Menschen auf die bildliche Bestätigung von außerirdischem Leben. Karnevalartige Umzüge mit Alien-Kostümierungen und riesigen beweglichen Skulpturen wurden veranstaltet, Felder mit einfallsreichen Kornkreisen übersät und ein rasanter Wettbewerb der vielseitigsten kreativen Einfällen entspann sich rund um den Globus.

Tag und Nacht waren in Sportstadien, Biergärten, Parks und Kinos auf riesigen Leinwänden Aufnahmen zu sehen, die von den Raumschiffen zur Erde übertragen wurden. Und zu jeder Tageszeit waren dort Menschen zu finden, die auf Neuigkeiten aus dem All warteten.

Doch die Daten waren eindeutig. Das System hatte reihenweise Systeme mit lebensfeindlichen Planeten gefunden. Gasplaneten, Gesteinsbrocken ohne Atmosphären, überhitzte Venus-ähnliche Schwefelhöllen, sogar Planeten, die vollkommen aus Gold oder Diamant bestanden. Von Leben aber gab es keine Spur. Erst recht gab es keine Hinweise auf die intergalaktische Zivilisation, von denen die Menschheit diese fantastische neue Technologie bekommen hatte.

In die Euphorie mischte sich Ernüchterung. Die Frage nach dem Grund für die Abwesenheit der Fremden wurde öffentlich diskutiert und einige meinten, eine eindeutige Antwort gefunden zu haben: Diese Galaxie war tot, die Sonde das Relikt einer längst vergangenen Zeit und die Menschheit die einzige übrig gebliebene Zivilisation.

Es vergingen Monate und nichts passierte. Dann stellte das System Kontakt her. In zwölf Lichtjahren Entfernung hatte sie einen bewohnten Planeten entdeckt.

Die übermittelten Bilder präsentierten einen wahrhaft majestätischen Planeten. Ozeane, Wälder und Wolken und sogar das nächtliche Leuchten riesiger Städte auf der Nachtseite tat sich hervor. Dieser neue, so fremde und doch so vertraute Planet war der Erde nicht unähnlich. In den Kinos und Biergärten, auf den Sofas und den Rängen der Stadien wurde es ganz still. Es war tiefe Verbundenheit, die in diesen Momenten das Gefühlsleben der gesamten Menschheit bestimmte.

Die bedächtige, fast religiöse Stille wurde von einem gleißenden Lichtblitz durchbrochen.

Feuerbälle überzogen das gerade erst entdeckte Paradies und Lichtblitz für Lichtblitz verwandelte es sich in eine schmelzende, von Flammen überzogenen Hölle.

Die Stille sollte noch lange über der Erde liegen.

Der Schutzparameter des Systems hatte dafür gesorgt, dass sämtliche Lebensformen bei Kontakt sofort als Bedrohung für das irdische Ökosystem eingestuft wurden. Deshalb bestand der erste Gruß nicht aus einer Botschaft des Friedens, sondern aus einer unangekündigten, durchrationalisierten Bombardierung des fremden Planeten, der eine Zivilisation in ihren ersten Stufen der Raumfahrt beherbergt hatte.

Und dieser Planet war erst der Anfang. Das System hatte sich vollkommen selbstständig aufgemacht, um seine Aufgabe möglichst effizient zu erfüllen und das Ökosystem des Universum dem der Menschheit anzupassen. Planet für Planet wurde entdeckt. Planet für Planet wurde ausgelöscht. Und die Menschen konnten nichts dagegen tun.

Apathie

Über die Jahre gewöhnte sich die Menschen an den Feldzug, den das System in der Milchstraße führte. Das System war so komplex geworden, dass sie keinen Zugriff mehr auf seine Kernparameter erlangen konnten, und die Mehrheit entwickelte eine gleichgültige Mentalität gegenüber dem ungreifbaren Leid, das durch die Vernichtung hunderter Welten verursacht wurde. Die Stadien waren stets gefüllt, die Biergärten quollen über und einige verfielen gar in einen ekstatischen Rausch, wenn wieder einmal die Oberfläche eines Planeten zerschmolzen wurde.

Doch auch eine Anti-Maschinen-Bewegung hatte sich formiert. Die Aktivisten demonstrierten, forderten die Demontage des Systems und machten dem Rest der Menschheit verbitterte Vorwürfe. Helferdrohnen zu jagen und zu zerstören war für manche zu einer Gewohnheit geworden. Natürlich hatte es keinerlei Nutzen. Das System stellte ununterbrochen neue Drohnen her und folgte unerschütterlich dem Parameter, das Ökosystem der Milchstraße dem der Menschheit anzupassen. Niemals wehrte es sich gegen den Zorn derer, die sich selbst als Aufständische bezeichneten. Niemals sprach es Urteile aus.

Zu Beginn der Jagden griffen noch andere Menschen ein und versuchten, die Beschädigung der Maschinen zu verhindern. Aber der ausbleibende Nachteil für den Rest der Menschheit ließ das Interesse daran vergehen. Der Optimismus der frühen Jahre war zynischer Nüchternheit gewichen. Das Abschlachten würde erst aufhören, wenn im Universum nur noch Leben existierte, das in den Augen des Systems einen Nutzen im Ökosystem der Menschheit hatte.

Afra und Daisy

Am Rande einer Familienfeier in einem Vorort von Mumbai saß Afra rauchend auf der Veranda und ließ ihren müden Blick über den See schweifen. Die Nacht wurde von den Lichtern der Metropole erhellt und von den Sternen war wenig zu sehen.

„Mein Opa hat immer gesagt, gegen Philip Morris war Robert Oppenheimer ein Heiliger.“

Mit diesen Worten gesellte sich ihre Cousine Daisy zu ihr, nahm sich ebenfalls eine Zigarette und lehnte sich an die Glastür. Afra drehte ihren Kopf und blickte direkt in das Aufblitzen des Feuers, mit dem sich Daisy ihre Zigarette anzündete. Für einige Züge herrschte Stille auf der Veranda.

„Ich kann nicht schlafen. Seit Tagen schon nicht mehr“, sagte Afra, während der Qualm aus ihrem Mund schlich.

„Auf Arbeit haben wir so ein neues Projekt ...“, fing sie an, aber Daisy unterbrach sie augenrollend.

„Ja, weiß ich schon, der erste Code und so weiter und so fort.“ Daisy hatte das schon oft gehört. Afra hatte recht, es beschäftigte sie!

„Richtig, der erste Code ... Der erste verdammte Code des verdammten Systems“, sagte Afra mehr zu sich selbst als zu Daisy. Afra war Codearchäologin. In den letzten Wochen war ihr Team intensiv an der Erforschung der ersten Revision des Systems beschäftigt. Das System war nicht mehr zugänglich für die Menschen, und eine Aufgabe der Codearchäologie war es, den Weg zu der Selbstoptimierung nachzuvollziehen, die dazu geführt hatte, dass die Menschen ihr eigenes Werk nicht mehr verstehen, nicht einmal mehr lesen konnten.

„Sag mal, kommt jetzt noch irgendwas?“, fragte Daisy nachdem Afra einige Minuten schweigend in die Leere gestarrt hatte.

Afra blickte zu ihrer Cousine, als würde sie gerade erst bemerken, dass sie auch auf der Veranda saß.

„In dem Code habe ich etwas Merkwürdiges entdeckt und das will mir nicht aus dem Kopf. Vielleicht ist es nichts. Wahrscheinlich ist es nichts“, fuhr sie fort.

Daisy zog ihre Augenbrauen nach oben und sagte: „Du kannst nicht schlafen und bist ziemlich komisch drauf, Ich würde nicht sagen, dass das nichts ist.“

Afra kratze sich über ihren Handrücken, presste ihre Hände zusammen und sah nach oben in den hell erleuchteten Nachthimmel. Ein einzelner Punkt war hell genug um die die Lichtglocke Mumbais zu überstrahlen.

„Da ist dieser Stern, im Code. Ich meine, es gibt Instruktionen, die sich um diesen Stern drehen. Vermeidungsinstruktionen. Weißt du was das ist?"

Daiys Schultern zuckten. „Jemand bringt dem System bei, soziale Ängste zu haben?"

Afra nickte zustimmend. „Ja, genau. Irgendwie schon. Eigentlich ist es ganz einfach. Das System kann bestimmte Sachen nicht in Betracht ziehen. Quasi nicht darüber nachdenken. Stell dir vor, du stehst vor mir und siehst mich an und dein Gehirn weigert sich einfach, jegliche Information über mich zu verarbeiten. Du siehst mich, aber für dein Gehirn bin ich schlicht und ergreifend unsichtbar", sagte sie.

Daisy setzte sich auf einen Stuhl neben sie und sagte: „Meine Liebe, das beschreibt deinen eigenen Zustand gerade ziemlich gut. Ich sitze nämlich direkt neben dir."

Afra richtete sich auf. „Was ich sagen will: Es gibt da draußen einen einzigen verdammten Stern, den das System niemals sehen kann, niemals ins Visier nehmen kann, und ...“

Daisy nahm ihr die Worte aus dem Mund: „... und niemals angreifen kann. Hmm. Nicht schlecht, Cousinchen. Und jetzt?"

„Sollten wir dem Universum nicht sagen, wo er ist?", fragte Afra mehr den einzelnen Stern als Daisy. Sie steckte sich wieder ihre Zigarette in den Mund.

Es herrschte Stille, die vom rauchenden Atmen der beiden Frauen untermalt wurde.

Daisy drückte ihre Zigarette im Aschenbecher aus, sah Afra in die Augen und sagte mit einem resignierten Seufzer: „Klar doch. Wir haben ja sonst nichts zu tun."

Die beiden Namen sich jeweils noch eine Zigarette. In Afra reifte eine Idee, ein Funken Hoffnung heran.

Als sie beide wieder rauchten, durchbrach Afra die Nachdenklichkeit. „Da ist noch etwas, das mir nicht aus dem Kopf will."

Daisy zog ihren Mund schief.

„Wer zur Hölle ist Philip Morris?"

Mandala

Nördlich von Kopenhagen machte der lustlose Fischer Knud Molsen eine erstaunliche Erfahrung. Als er gerade die Taue festgemacht hatte und vom Deck auf den Steg gesprungen war, zog ein leuchtendes Farbenspiel am Heck der Solsikke 2, seinem treuen Fischerboot, seine Aufmerksamkeit auf sich. Verwundert blies er sich in seinen grauen Bart bevor er seinen Rucksack abstellte, eine zerknitterte Zigarette aus seiner Tasche zog, in den Mund steckte und sich in Bewegung setzte, um das wundersame Spektakel zu begutachten. Am Heck angekommen, erstarrte er. Ein Ding, der Gestalt eines Menschen nicht unähnlich, stand dort im Wasser. Es hatte etwas, was ein Kopf sein konnte, darin zwei runde Öffnungen, die Augen ähnelten und den Fischer anstarrten. Vor allem lähmte ihn das ständig wechselnde, leuchtende Farbspiel der Gestalt. Es hatte eine hypnotische Wirkung auf Knud. Das Ding setzte sich in Bewegung, den Blick immer auf ihn gerichtet. Es kletterte die kleine Leiter empor, die am Steg angebracht war. Währenddessen, bildete sich in dem Farbspiel ein immer feiner werdendes Muster, dass Knud an diese Mandalas erinnerte, die er zur Beruhigung ausmalen sollte, es aber aus Prinzip nie tat. Aus den Mustern wurden größere, blassere Farbflächen. Aus diesen wiederum wurden Formen, die anfingen aus der Gestalt herauszuragen und ihr Aussehen zu verändern. Als die Gestalt auf dem Steg stand, direkt vor dem paralysierten Seemann, sah sie aus wie ein Mensch. Sie sah aus wie er selbst, mitsamt der Kleidung, den Details des verwitterten Gesichts und jedem einzelnen Haar. Nur die Zigarette fehlte in seinem Mund. Vor lauter Erstaunen hatte Knud es nicht geschafft, sich diese anzuzünden. Das Wesen streckte seine Hand aus und reckte sie Knud entgegen. Sie nahm die Zigarette, steckte sie in ihren eigenen Mund und lief, als wäre überhaupt nichts passiert den Steg hinunter in die Dunkelheit.

Es ist nicht bekannt, was aus Knud dem lustlosen Seemann wurde.

Harper

Harper starrte den Bildschirm an, auf dem der Stream des Luna-Rechners mit dem Universum um die Wette lief. Wann sie sich entschieden hatte, dieser Beschäftigung nachzugehen, die weder notwendig noch erfüllend war, konnte sie nicht sagen. Doch hier war sie, eine Datenfischerin. Sich an der Auswertung der Daten zu beteiligen, die das System ununterbrochen lieferte, war durchaus eine Möglichkeit, die Zeit totzuschlagen. Mit etwas Glück fanden Datenfischer im sogenannten binären Ozean irgendetwas vermeintlich Nützliches. Eine neue wissenschaftliche Erkenntnis, ein schönes Gedicht, ein noch niemals zuvor gekochtes Süppchen, ein zufallsgeneriertes Computerspiel. Irgendetwas, das den Menschen auch nur den geringsten Nutzen bringen konnte.

Datenfischen stieß durchaus auf Ablehnung in der Gesellschaft. Dieses Unterfangen wurde angesichts der riesigen Menge an Daten, die jeden Tag vom Mond zur Erde flossen, von vielen als mühselig und viel zu zeitintensiv empfunden. Dinge selber zu machen war im Zeitalter der vollautomatisierten Versorgung schwer in Mode, ging es doch nicht mehr darum, so schnell wie möglich das nächste Produkt auf den Markt zu bringen. Aber Harper hatte bisher nichts gefunden, was sie als nutzbringend bezeichnet hätte.

Ihr Heimweg führte quer durch das hochtechnisierte Berlin. Als sie an einem Biergarten mit gigantischer Public-Viewing-Anlage vorbeikam, blitzen gerade die Detonationen über der Oberfläche eines weit, weit entfernten Planeten auf und die Gäste grölten und jubelten vor Begeisterung. Harper lief schnell weiter und versuchte, sich tiefer in ihrer Jacke zu vergraben. Auf der gegenüberliegenden Straßenseite sah sie eine Gruppe junger Leute, die versuchten, eine Helferdrohne, die gerade über ihnen schwebte und einen der zahlreichen vertikalen Gärten bewässerte, mit einem Enterhaken, der an einem Seil befestigt war, zu erwischen, auf den Boden zu ziehen und zu zerstören. Harper lief noch schneller.

Zu Hause angekommen betrat sie die Küche. Der abgetrennte Kopf einer humanoiden Helferdrohne lag dort auf dem Tisch, zwischen Aschenbecher und benutzen Geschirr. Tina, ihre Mitbewohnerin und Kindheitsfreundin, saß dort mit einer Zigarette zwischen den Lippen und ihrem uralten T-Shirt der Band Rage Against the Machine am Leib. Sie grinste Harper stolz und erhaben an. Wäre ihr Körper ein Megaphon gewesen, sie hätte Harper mit voller Lautstärke verkündet, dass die Befreiung des Universums einen Schritt näher gerückt war.

„Es war eine gute Jagd." Mit diesen Worten begrüßte sie Harper. Die wiederum drehte ab und ging direkt auf die Tür ihres Zimmers zu. Tina sprang auf und riss ihre Arme nach oben. In ihrem Zimmer angekommen knallte Harper die Tür zu. Sie hörte noch, wie Tina schrie: „Du bist so ein verdammter Sisyphus!"

Ihr altes Spiel. Tinas obligatorische Vorträge über die Sinnlosigkeit der „Suche nach der Nadel im Heuhaufen" wollte Harper nicht mehr hören. Und sie war es leid, Tina zu erklären, dass sie ihr nicht dabei helfen wollte, das Universum zu rächen.

Mit dem Zustand des Universums waren sie beide nicht zufrieden. Aber was die eine zu aggressivem Aktivismus anstachelte, lähmte die andere und machte sie passiv und träge.

Harper wusste insgeheim, dass Tina moralisch nicht ganz falsch liegen konnte und Tina war sich im Klaren darüber, das sie mit ihrem Aktivismus höchstwahrscheinlich nichts dazu beitrug, einen echten Unterschied zu machen.

Verbarrikadiert unter ihrer Bettdecke wünschte sich Harper manchmal, so wütend und energetisch zu sein wie Tina. Doch es ging nicht. Diese Gefühle, diese Motivationen, Harper kannte sie nicht.

Manchmal führte sie ihr Weg durch einen kleinen Park. Wenn sie diesen am Abend durchquerte, setzte sie sich jedes Mal auf dieselbe Bank, beobachtete die wenigen Sterne, die am Himmel zu sehen waren; das „Schlachtfeld", wie viele sagten. Sie versuchte ihre Gedanken abzuschalten, was ihr niemals gelang.

Seit einigen Wochen teilte sie sich ihre Bank mit einem alten, bärtigem Mann mit völlig zerfurchtem Gesicht. Er hatte immer eine zerknitterte Zigarette zwischen den Lippen, die aber nie angezündet war. Zu ihrer eigenen Überraschung machten ihr diese Begegnungen Spaß. Sie fand ihn amüsant und schräg, auch wenn sie nicht miteinander redeten und er ihr keinerlei Beachtung schenkte. Irgendwann fasste sie den Entschluss, dem Alten endlich seine verdammte Zigarette anzuzünden, besorgte sich ein Feuerzeug und wartete auf ihn. Er war pünktlich, setzte sich und starrte, wie jedes Mal, regungslos das Schlachtfeld an.

In ihrer Tasche umklammerte sie das Feuerzeug. Dann nahm sie all ihren Mut zusammen und sprach ihn an: „Entschuldigung, brauchst du vielleicht ein Feuerzeug?"

Er zeigte keine Reaktion. Sie versuchte es noch einmal.

„Zigaretten werden normalerweise geraucht. Soll ja nicht so gesund sein. Aber was soll's. Oder willst du gerade aufhören? Tut mir leid, vielleicht willst du wirklich gerade aufhören und das ist so ein Ritual und ich ... Ach, vergiss es."

Er blickte starr in den Himmel. Harper presste ihre Lippen aufeinander und fragte sich, was sie eigentlich erwartet hatte. Sie saß noch eine Weile schweigend auf der Bank, hoffend, der schräge alte Typ würde wenigstens das geringste bisschen Interesse zeigen. Dann beschloss sie, sich eine neue Bank zu suchen. Sie stand auf und ging einige Schritte, bevor sie sich umdrehte und sagte:

„Viel Glück beim Aufhören. Ich hab ja mal gehört, dass Zigaretten schlimmer sind als Atombomben, weil sie mehr Leute umbringen und so. Vielleicht nicht ganz so schlimm wie das, was wir machen. Irgendwie sind Menschen ja wie Zigaretten. Zigaretten für das Universum. Daran schon mal gedacht? Nein? Was soll's. Na ja. Ich schenk das Feuerzeug Tina, dann bewirkt es vielleicht etwas Gutes. Die würde uns alle umbringen oder so. Was rede ich nur ...“

Sie stand für eine gefühlte Ewigkeit sprachlos und verlegen starrend auf der Stelle und war fassungslos darüber, wie peinlich sie selbst war. Dann drehte sie sich um und ging. Sie konnte nicht mehr sehen, dass ihre letzten Worte eine Reaktion bei dem Alten hervorgerufen hatten.

Die Augen des Alten folgten ihr, ohne das sich sein Kopf bewegte. Und hinter seiner gelbgrünen Iris, tief im inneren seines Kopfes, starrte ein kleines außerirdisches Wesen irritiert auf die außerirdische Entsprechung einer Konferenzschaltung. Einer der Sichtschirme zeigte eine seltsame menschliche Frau, die dem menschlichen Avatar der Infiltrationskapsel erst ein gleißendes Licht hinhielt, dann irgendetwas von Atombomben und einer Tina, die alle umbringen würde, erzählte und dann ging. Das außerirdische Wesen hatte diesen Menschen noch nie zuvor wahrgenommen und war von dem Zwischenfall so abgelenkt, dass es die zwölf weiteren Teilnehmer der Konferenz, die alle die Fortschritte ihrer Pläne auf der Erde darlegte, für einen Moment überhaupt nicht wahrnahm.

Ihm ging in diesem Moment nur eine Sache durch das, was die Menschen einen Kopf nennen würden. Es war die außerirdische Entsprechung der Worte:

„Was war das denn gerade?“

Blutgöttin

Roman (Auszug)

Von Daniela Winterfeld

HInweis: Dieser Text enthält Beschreibungen von Folter und Gewalt.

12. Kapitel

Heerlager Sapions, Frontgebiet am Waldgürtel von Farua

Der Patrouillendienst begann im dunkelsten Teil des frühen Morgens. Als Tailin aus seinem Zelt kroch, war die nächtliche Blutsonne bereits untergegangen. Nur ein schwacher, rötlicher Lichtschein lag noch am westlichen Horizont, während die Dämmerung der Tagsonne noch auf sich warten ließ. In der Dunkelheit raschelte das Zeltleder um so lauter, als Tailin sein Marschgepäck herauszerrte. Abgesehen davon blieb alles ruhig. Dieser Dienst würde länger dauern als die üblichen, eine Fünfzehn-Tage-

Patrouille im Grenzgebiet von Pamal. Allein drei Tage würden sie brauchen, um dorthin zu reiten.

Tailin hatte sich freiwillig für den Einsatz gemeldet: Die Grenze ausspähen, Aktivitäten der Katzenmenschen ausmachen, sicherstellen, dass keine feindlichen Angriffe aus dem Rücken geplant waren.

Soweit der offizielle Auftrag. Seine persönlichen Gründe waren andere. Seitdem er das Gespräch belauscht hatte, das der oberste Berater von Sapion mit dem Heerführer geführt hatte, konnte er nicht länger stillhalten. Der Waldgürtel von Farua sollte niedergebrannt werden. Ein Wald, der so groß war, dass ihn noch kein Mensch lebendig durchquert hatte, sollte zerstört werden, nur um die Partisanen zu vernichten, die sich darin verschanzten. Der sapionische Herrscher mochte vielleicht glauben, dass sich auf diese Weise ein Krieg gewinnen ließ. Doch in einer Welt, die unter der Dürre von zwei Sonnen ohnehin schon im Sterben lag, würde ein Feuer dieser Größenordnung nicht nur den letzten Lebensraum von Tieren und Bäumen zerstören, es würde auch die letzten Wasservorräte für immer vernichten.

Tailin wusste nicht, ob es sich noch verhindern ließ, ob es irgendeinen Weg gab, um der Katastrophe zu entrinnen. Er wusste nur zwei Dinge: Erstens konnte er es nicht länger vertreten, ein Krieger Sapions zu sein, und zweitens war es dringend notwendig, die Gegner zu warnen.

Lange hatte er gegrübelt, wie er die Informationen überbringen sollte. Wenn er hier an der Front in den Wald liefe, über die Außenposten hinaus in das Gebiet der Partisanen, würden sie ihn töten, noch bevor er seine Botschaft herausschreien konnte. Die Raubkatzen der Pameli fragten nicht, bevor sie angriffen.

Ob es im Bergland von Pamal einfacher sein würde, wusste er nicht. Womöglich würden sie ihn genauso schnell töten. Aber dort erwarteten sie keine Angreifer, und schon gar keine, die mutterseelenallein durch die Berge kletterten. Vielleicht konnte er ihnen glaubhaft machen, dass er desertiert war und zu den Rebellen überlaufen wollte. Tailin wusste nicht, ob es ein guter Plan war. Dennoch musste er es riskieren.

Der einzige Grund, der ihn zweifeln ließ, krabbelte hinter ihm aus dem Zelt: Nureen richtete sich auf und lächelte ihm zu. Wie fast immer schimmerte Dankbarkeit in ihren Augen. Wenn er jetzt desertierte, würde er sie nicht nur im Stich lassen, dann wäre sie auch die Sklavin, die mit dem Deserteur zusammen gewesen war. Man würde sie befragen und drangsalieren, womöglich foltern, damit sie alles verriet, was sie über ihn wusste. Tailin bemühte sich, ihr Lächeln zu erwidern. Doch es fühlte sich falsch an.

Wenn er sie wenigstens in den Arm nehmen und es ihr erklären könnte. Wenn sie wenigstens wüsste, welche Gefahr auf sie zukam … Aber er hatte nicht den Mut, ihr ins Gesicht zu sagen, dass er ihr Leben aufs Spiel setzen musste, um den Rest dieser Welt zu retten.

Vielleicht würde er es doch nicht tun. Sie vertraute ihm, er konnte sie nicht einfach so opfern.

Nureens Lächeln verschwand. „Was ist mit dir?"

„Nichts." Tailin musste sich zwingen, ihr in die Augen zu sehen. „Es ist nichts. Nur ein bisschen Angst."

Die Sklavin lächelte tröstend. „Was soll an der Grenze zu Pamal schon passieren? Hier im Wald ist es viel gefährlicher."

Tailin schüttelte den Kopf. „Nicht wegen mir. Ich habe Angst um dich!"

Nureen wurde ernst. „Weil du mich fünfzehn Tage lang allein lässt?"

Er konnte nichts dazu sagen.

Das Mädchen sprang auf ihn zu und schlang die Arme um seinen Hals. „Ich bekomme das schon hin", flüsterte sie. „Vorher war ich viel länger allein."

Tailin hielt sie fest und vergrub sein Gesicht in ihren Haaren. Vielleicht wäre es doch besser, sich hier im Wald in die Reihen der Feinde zu stürzen. Irgendjemand würde seine Sprache schon verstehen. Und sobald die Botschaft erst angekommen war, wäre es egal, ob sie ihn sofort töteten, oder erst den Rest seines Wissens aus ihm herausfolterten. Zumindest Nureen würde nichts passieren, wenn er als Gefallener endete.

Das Mädchen löste sich von ihm. „Wir müssen los, oder?"

Tailin nickte und presste die Lippen aufeinander. Ganz gleich, wie er sich entschied, er musste pünktlich am Pferdestall erscheinen. Sobald Rabanus sein erstes Licht am Horizont zeigte, wollten sie losreiten. Auch Nureen musste bald am Küchenzelt sein, um das Frühstück für die Krieger vorzubereiten. Bis jetzt hatte er sie jeden Morgen dorthin begleitet.

„Ich bringe dich noch zu deinem Dienst", flüsterte er. „So wie immer."

Lächelnd griff sie nach seiner Hand und hielt sie fest. Wie ein verliebtes Paar durchquerten sie das nachtschlafende Lager. Schon oft waren sie in dieser Weise zwischen den Zelten entlanggelaufen. Bislang war es nur Tarnung gewesen. Doch heute lag ein anderes Gefühl zwischen ihnen: echte Zuneigung, das Vertrauen eines Kindes und die Verantwortung eines ... Vaters? Freundes? Er fand keinen Namen für die Rolle, die er spielte. Was auch immer es war, sobald er Nureen im Stich ließ, verriet er nicht nur sie. Er verriet auch sich selbst und das unschuldigste Gefühl, das er je für einen Menschen empfunden hatte.

Sie erreichten die erloschenen Feuer. Schwerer Aschegeruch hing in der Luft. Ansonsten war es still. Ungewöhnlich still. Nur von weitem drang eine murmelnde Unruhe zu ihnen. Erst jetzt bemerkte Tailin, dass etwas nicht stimmte. Normalerweise waren die ersten Krieger um diese Zeit bereits am Feuer versammelt. Zumindest diejenigen, die so früh Dienst hatten und vorher noch ein paar Fleischhappen vom Vortag in sich hineinschlangen. Nur heute war niemand hier.

Tailin reckte sich und schaute über die Zelte in die Weite. Dort hinten sah er den Tumult, eine Traube von Männern, die sich zwischen den Pferdeställen und dem Appellplatz versammelt hatten. Vermutlich eine Prügelei, vielleicht auch nur ein Streit. Willkommene Unterhaltung in der Frühe.

Tailin wandte sich ab, es ging ihn nichts an. Er musste Nureen zum Küchenzelt bringen, sich selbst etwas zu Essen greifen und dann zum Pferdestall laufen.

Aber kurz vor ihrem Ziel horchte er auf. Zwei Krieger kamen durch einen der Seitengänge auf sie zu. Einer von ihnen sprach auf den anderen ein: „Hast du das mit dem Stummelweib gehört? Sie haben ihn im Stall bei einem Knappen erwischt. Er soll es mit dem Kleinen getrieben haben."

Tailin erstarrte. Nur gerade so konnte er sich davon abhalten, in die Richtung der Krieger zu sehen. Er durfte nicht stehen bleiben, sich nichts anmerken lassen.

„Ein Stummelweib?" Der andere Krieger spuckte auf den Boden. „Abartiges Volk! Weiß man, ob der Kleine freiwillig mitgemacht hat?"

„Das wollen sie jetzt prüfen." Etwas Dreckiges lag in der Stimme des Ersten. „Sie werden öffentlich befragt, und dann Schauprozess und schneller Vollzug: Schnippschnapp für alle Schuldigen." Die Krieger lachten.

Tailin spürte, wie das Blut aus seinem Gesicht wich. Ein Stummelweib, Schauprozess. Wen hatten sie gefangen? Wen gab es noch außer ihm und ...?

Kaylen! Was, wenn er es war?

„Meinst du, sie machen es beim Appell?", fragte der zweite Krieger.

„Kann gut sein", antwortete der erste. „Entweder das oder schon vorher. Ich hol mir was zu essen. Dann gehe ich zusehen."

Tailin fasste Nureen am Ärmel und zog sie in einen der Gänge, die vom Küchenzelt wegführten.

„Was ist?" Verwundert drehte sie sich zu ihm.

Tailin schüttelte den Kopf und versuchte über die Zelte hinweg den Tumult zu begutachten. „Nichts. Ich will mir nur was ansehen." Seine Stimme kippte.

Beinahe konnte er fühlen, wie Nureen ihn durchschaute. „Wegen des Stummelweibs?"

Tailin fröstelte. Die Sklavin wusste es! Sie kannte sein Geheimnis, den Grund, warum er sie in sein Zelt nahm, ohne sie anzurühren. Aber das war jetzt nebensächlich. Er musste wissen, wen sie gefangen hatten. „Geh du allein ins Küchenzelt!"

„Nein." Nureen klang entschlossen. „Ich komme mit."

Noch nie hatte sie seinen Anweisungen widersprochen. Tailin bemerkte das Schimmern in ihren Augen. Seit sie bei ihm war, hatte er diese Angst in ihrem Gesicht nicht mehr gesehen. Jetzt rückte das Mädchen näher, hakte sich bei ihm ein und lehnte den Kopf an seine Schulter. Sie wusste es, und sie wollte ihn schützen. Ein warmes Gefühl floss durch seinen Körper und biss mit einem scharfen Schmerz in sein Herz.

Sie hatten den Tumult beinahe erreicht und waren nah genug, um die Gesichter zu erkennen. Eine Traube aus lachenden Kriegern hatte sich um zwei Schandpfähle versammelt. Rechts und links daneben brannten zwei Feuer. Tailin schob sich mit Nureen in die Menge, bis er den Pranger sehen konnte: An einem der Pfähle stand ein Knappe, ein älterer Junge, den Tailin nicht kannte. Und daneben ein zweiter Delinquent, dessen Gestalt hinter den breiten Schultern des Scharfrichters verschwand. Erst, als dieser beiseitetrat, konnte Tailin ihn sehen. Es war Kaylen! Vollkommen entblößt hing er in den Seilen und starrte den Scharfrichter mit geweiteten Augen an. „Ist es wahr, was dir vorgeworfen wird?", rief der Henker über den Platz. In seiner Hand lag ein Dolch, der mit der Spitze auf Kaylens Geschlecht wies.

Der Krieger antwortete nicht. Nur der Knappe kreischte dazwischen: „Er hat mich bedrängt. Er hat mich missbraucht. Ich wollte das nicht!"

„Dich habe ich nicht gefragt!" Der Scharfrichter stieß den Dolch in die Luft, in die Richtung des Jungens.

Der Knappe verstummte. Nur sein Mund blieb offen, seine Beine zitterten.

Der Henker wandte sich wieder an Kaylen. „Du musst nicht antworten, du wurdest gesehen! Aber ich könnte einen Teil deiner Strafe erlassen, wenn du gestehst."

Kaylens Gestalt sackte in den Seilen zusammen. Aus seinem Mund kam ein Wimmern, das sich nur mühselig in Worte verwandelte: „Ja, ich gestehe."

„Sprich es aus!", schrie der Scharfrichter. „Sag, was du getan hast, laut genug für alle Anwesenden!"

Kaylen kämpfte mit den Worten. „Ich habe diesen Knappen ..." Weiter kam er nicht.

Der Henker ließ das Messer vor seinem Gesicht kreisen und sprach ihm vor: „... in stummelweibischer Art ..."

Kaylen schluchzte auf, sein Gesicht verzerrte sich zu einer Grimasse.

Ein Lachen ging durch die Zuschauermenge, einzelne Rufe kamen daraus hervor: „Heulendes Stummelweib!", „Gesteh uns deine Tat!", „Wir hören dich nicht!"

Die Rufe bohrten sich in Tailins Eingeweide, Kaylens Anblick stach zu wie ein Messer. Sein nackter Körper, der so oft in seinen Armen gelegen hatte, der brutal und überlegen sein konnte, und dann wieder schwach und zärtlich, jetzt hing er am Schandpfahl wie ein Tier auf der Schlachtbank.

„Das geht mir zu langsam!" Der Scharfrichter griff nach seiner Männlichkeit, riss daran und setzte den Dolch an. „Deine letzte Chance zu gestehen."

Kaylen schrie, verschluckte sich und hustete, presste die Worte darunter hervor: „Ich gestehe, ... diesen Knappen in stummelweibischer Art ... bedrängt ...“ Seine Stimme brach ab. Er keuchte, röchelte, konnte endlich weiterschreien: „Ich habe ihn begehrt, entgegen seinem Willen. Habe ihn genommen ... in dieser Nacht ... und in den vorherigen. Mich trifft die Schuld, mich allein!“

Er log. Tailin erkannte es sofort. Niemals hätte Kaylen den Jungen gegen seinen Willen gezwungen. Er wollte ihn schützen. Tailin betrachtete den Knappen genauer. Es war einer der Älteren, er schätzte ihn auf vierzehn oder fünfzehn Blutjahre. Damit war er einer von jenen, die bald zum Krieger wurden, als Ersatz für diejenigen, die zur Auslese gegangen waren. Alle Jungen in dieser Phase hatten Angst, viele von ihnen starben in den ersten Monaten. Vermutlich hatte er Trost gesucht, Ablenkung, einmal das ausleben, was er immer verstecken musste. Und Kaylen hatte das alles erkannt, hatte ihm Halt gegeben, Wärme und eine Spur von Liebe.

Sofern es Liebe überhaupt gab.

„Sehr gut.“ Der Scharfrichter grinste. „War doch gar nicht so schwer. Mal sehen, was wir mit dir anstellen.“ Er hielt noch immer Kaylens Geschlecht und wog es in seiner Hand. Kaylen versuchte, sich zurückzuziehen, wand sich am Pfahl und hatte keine Chance zu entkommen. Die Krieger lachten und grölten, der Knappe wimmerte und schaute panisch um sich.

Plötzlich brüllte der Scharfrichter los: „Wer noch?“ Er schrie die Frage in Kaylens Gesicht. „Wer ist noch ein Stummelweib?“

Kaylen erstarrte.

„Na los! Sag es! Kauf dich frei!“ Der Scharfrichter setzte den Dolch an.

Mit einem Mal war es leise auf dem Platz, leise genug, um das Wort zu hören, das Kaylen hervor wimmerte: „Niemand.“

„Du lügst!“ Wieder brüllte der Scharfrichter, zerrte mit einem Ruck an Kaylens Schwanz. Kalter Schweiß drängte sich auf Tailins Haut, sammelte sich in seinem Nacken. Sein Freund würde ihn verraten, früher oder später!

Kaylen warf den Kopf zurück, öffnete den Mund, doch sein Schrei blieb stumm. In seinem Blick erschien etwas, das Tailin schon oft gesehen hatte: Es war der Moment, in dem das Opfer erkannte, dass es sterben würde, in dem es aufhörte zu kämpfen und sich fügte.

Plötzlich sah Kaylen ihn an, fand ihn durch die Reihen der Krieger hindurch und suchte Halt an seinem Blick. Tailin konnte spüren, wie sich die Seele seines Freundes an ihm festkrallte, wie der Schrei in ihr versiegte und der Gleichgültigkeit wich.

Tailin hörte seinen eigenen Herzschlag, zuerst kräftig und schnell, dann immer langsamer. Er wünschte sich, dem anderen davon abzugeben, ihn im Leben zu halten oder wenigstens im Tod zu trösten. Dennoch wusste er, dass Kaylen ihn verraten würde. Der Scharfrichter war noch nicht fertig mit ihm, und wie jeder Foltermeister wusste er, wie man die Aufmerksamkeit seines Opfers zurückholte, bis die gewünschte Aussage vorlag.

„Wer noch?", brüllte er wieder.

Kaylen öffnete den Mund, sein Blick blieb bei Tailin. „Niemand."

Dieses Mal antwortete der Dolch. Mit einem kräftigen Ruck.

Kaylens Schrei zerriss die Stille, gellte und stieß eine spitze Klinge in Tailins Magen. Auch andere schrien, der Knappe brach ohnmächtig zusammen, Nureen warf sich an seine Schulter.

„Wer noch?!" Der Scharfrichter brüllte in den Lärm und hielt einen blutigen Klumpen in die Höhe.

Der Schrei erstickte in einem Gurgeln, Kaylen bebte und zitterte, krümmte sich in dem Blut, das über seine Beine lief. Nur sein Blick war noch immer bei Tailin, krallte sich fest und bat um Verzeihung, für das, was er tun würde, tun musste ...

Menschliche Körper waren schwächer als ihre Seelen.

„Wer noch?" Der Scharfrichter packte seine Haare, riss an seinem Kopf und trennte ihre Blicke.

Kaylen bewegte den Mund, unhörbar, kurz bevor sich seine Pupillen unter die Lider drehten und die Ohnmacht ihn einfing.

Erst jetzt spürte Tailin die Übelkeit, Nureens Hände, die sich um seine Arme krampften, ihr Weinen an seiner Brust. Er musste würgen und wusste zugleich, dass er seine Reaktion nicht zeigen durfte. Er musste weg! Jetzt gleich, bevor die Krieger sahen, wie es ihn mitnahm.

Wie von allein setzte er sich in Bewegung, legte seinen Arm um das Mädchen und zog sie mit sich. Nur die Bilder in seinem Kopf blieben. Der blutige Klumpen war klein gewesen. Der Henker hatte genug übrig gelassen, um sein Opfer noch einmal zu quälen, und ein drittes Mal, solange, bis er sämtliche Namen in die Pausen zwischen der Ohnmacht geflüstert hatte. Erst der Tod würde ihn erlösen, sobald das Blut aus seinem Körper gewichen war.

Tailin bemühte sich, aufrecht zu bleiben. Wie durch einen Schleier bemerkte er, dass Nureen ihn stützte, dass sie ihn führte, fort von den Kriegern, in den ruhigeren Teil des Lagers, dorthin, wo die Hurenzelte lagen.

Es sollte schnell gehen. Kaylens Blut sollte sich beeilen. Damit die Qual nicht so lange dauerte. Damit er nicht genug Zeit hatte, um andere zu verraten.

Um *ihn* zu verraten.

Es war egoistisch, so zu denken. Tailin konnte sich nicht länger auf den Beinen halten, brach zwischen den Zelten zusammen und übergab sich. Sein Körper krampfte sich um die unsichtbare Klinge in seinen Eingeweiden, wollte die Bilder und die Schuld loswerden.

Wenn er Kaylen nicht verlassen hätte ...

... dann hätte sein Freund nicht die Kontrolle verloren ...

... dann wäre er nicht einsam gewesen, nicht verzweifelt und kopflos ...

... dann wäre das mit dem Knappen nicht geschehen ...

Tailin würgte und keuchte, krallte die Hände in die trockene Erde und erbrach die letzte Galle, die sein Körper hervorbrachte, bis das Würgen nur noch ein trockener Laut war. Nureen hockte bei ihm, hielt seine Schultern und zog ihn fort von der gelbgrünen Lache. Tailin krabbelte zur Seite, kaum eine Mannslänge, ehe seine Arme ihn nicht mehr hielten.

„Schhhht." Nureen fing ihn auf und hielt ihn fest, streichelte seinen Rücken wie eine Mutter bei ihrem Kind.

Eine Mutter ...

Woher wusste er, was Mütter mit ihren Kindern taten? Es gab keine Erinnerungen an seine Kindheit. Und selbst, wenn es etwas gäbe ... Jungen wurden von ihren Müttern getrennt, so früh, dass sämtliche Erinnerungen an sie verloren gingen.

War es bei ihm anders gewesen?

Der Gedanke wehte davon, verschwand unter dem Bild von Kaylens nackter Gestalt, unter seinem Schrei und dem Blut an seinen Beinen. Wieder krampfte sich sein Magen zusammen, wollte etwas hervorwürgen, das nicht mehr da war.

„Ganz ruhig", wisperte Nureen, und in ihre sapionische Sprache mischte sich der weiche Akzent der Faruaner. „Du musst ruhig werden, Tailin."

Ihm fiel auf, wie sehr er es mochte, wenn die Sklavin mit ihm redete, wie stark ihre Worte auf ihn wirkten. Allmählich wurde er ruhiger. Sein Magen hörte auf zu krampfen, und das Beben in seinem Körper versiegte.

„Du musst dich zusammenreißen." Nureens Stimme klang fest. Noch nie hatte er ihren Blick so klar gesehen. In ihren Augen lag ein Funke, der bereit war, auf ihn überzuspringen. Es war der Wille zu überleben, die letzte Glut eines Menschen, wenn man ihm alles genommen hatte.

Die Sklavin riss ein Stück von ihrem Rocksaum ab, wischte über seine Stirn und tupfte über seinen Mund. „Du musst fort", erklärte sie. „Du musst zu deiner Patrouille, mit ihnen wegreiten und nicht mehr wiederkommen."

Tailin fröstelte. Sie hatte recht. Bis eben war er bereit gewesen, sein Leben zu riskieren, um den Wald von Farua zu retten. Doch jetzt war dieser waghalsige Plan seine einzige Chance, um zu überleben.

Aber es ging nicht nur um ihn. „Was wird aus dir? Wenn ich desertiere, dann ..."

„Pscht!" Nureen legte den Finger auf seinen Mund. Sie wusste um die Gefahr, er sah es in ihren Augen. „Ich werde mir neuen Schutz suchen", flüsterte sie. „Rechtzeitig. Bevor sie merken, dass du weg bist."

„Neuen Schutz?"

Traurig zuckte sie die Schultern. „Der Heerführer hat schon länger ein Auge auf mich geworfen. Und es heißt, dass er keine Lust mehr auf seine Lieblingssklavin hat, seit der oberste Berater von Sapion ..." Sie sprach den Satz nicht zu Ende. „Was der Berater mit ihr getan hat, muss schlimm gewesen sein. Seitdem verweigert sie sich, heißt es." Sie presste die Lippen zusammen und schaute auf Tailins Hände. „Der Heerführer wird sich bald eine Nachfolgerin suchen."

Entsetzt starrte Tailin sie an. „Und das willst du sein?"

Noch einmal zuckte sie die Schultern. Ein gequältes Lächeln erschien auf ihrem Gesicht.

„Er wird dich nicht einfach so in sein Zelt holen." Tailin sprach schnell. „Er wird von dir verlangen ..."

Nureens Hand bedeckte seine Lippen. „Es ist nur ein Körper", flüsterte sie. „Es ist gleichgültig, was er mit meiner Hülle tut. Viel wichtiger ist die Seele. Und meiner Seele wird nichts geschehen."

Tailin konnte sie nur ansehen, ihr niedliches Gesicht, die Sommersprossen auf ihrer Nase und das goldene Leuchten in ihren Augen.

„Das habe ich dir zu verdanken." Ihre Hand löste sich von seinem Mund. „Du hast mir gezeigt, dass es nur auf die Seele ankommt. Wenn ich weiß, dass du lebst, muss ich nur an dich denken und meine Seele bleibt heil, ganz gleich, was meinem Körper geschieht."

Plötzlich stiegen Tränen in ihm auf, eine überwältigende Sammlung aller Tränen, die er nie geweint hatte. Die er auch heute nicht weinen durfte. Er musste schlucken, um sie zurückzuhalten.

Nureen schien sie dennoch zu sehen. Sie beugte sich zu ihm und küsste seine Augen, zuerst das linke, dann das rechte. Doch es war nicht der Kuss von einer Frau an einen Mann. Vielmehr war es wie der Kuss eines Kindes an seinen Vater.

Er erinnerte sich nicht an seinen Vater. Woher sollte er wissen, wie Kinder ihre Väter küssten? Falls sapionische Kinder überhaupt jemanden küssten ... Tailin wischte den Gedanken beiseite. Es war nicht der richtige Moment dafür.

„Du musst gehen!" Nureen drückte seine Schultern, stand auf und reichte ihm die Hand. Als er vor ihr stand, fiel sie um seinen Hals und drückte sich ein letztes Mal an ihn. „Danke!", flüsterte sie. „Ich liebe dich."

Tailin schloss die Augen. Der Satz rauschte durch seine Adern. Nie zuvor hatte es jemand gesagt. Weder Kaylen noch Dorgen. Vielleicht seine Eltern? Seine Mutter? In dem gleichen weichen Akzent, mit dem Nureen an sein Ohr flüsterte?

Die Sklavin machte sich von ihm los. „Geh! Schnell! Ehe sie ohne dich reiten."

Tailin nickte und ging die ersten Schritte rückwärts. Nureen blieb einfach stehen, zwischen den Hurenzelten, dort, wo er sie zum ersten Mal gesehen hatte. Er stolperte über einen Stein und musste sich umdrehen, um weiterzulaufen.

Rabanus' erster Lichtschein stieg bereits hinter den Baumkronen empor. Der Zeitpunkt ihrer Abreise! Tailin fing an zu rennen.

Kurz vor der nächsten Ecke drehte er sich noch einmal um: Nureen hatte sich abgewandt und schlich mit hängendem Kopf auf das Privatzelt des Heerführers zu.

„Blutgöttin" ist der erste Band der Fantasytrilogie
„Die Quellen von Malun", erschienen bei Bastei Lübbe.

Autor:innen-Verzeichnis

Christian Stobbe kam 1986 in Potsdam zur Welt und verbrachte den Großteil seines Lebens in der Stadt, die ihn viele Jahre zum Schreiben inspirierte. Gelernt hat er zuerst von Poe und Lovecraft, dann von Ray Bradbury und Ursula K. LeGuin. Obwohl er im Laufe seines Lebens noch viele weitere Meister las, kehrt er immer wieder zu seinen Ursprüngen zurück. Er schreibt seit seinem zehnten Lebensjahr, doch meistens nur für sich und sein näheres Umfeld – mit Ausnahme zweier Veröffentlichungen im Bereich der Fantasy und des Horrors. Seitdem fühlt er sich literarisch gewachsen und will der Phantastik seinen Stempel aufdrücken. Für diese Ausgabe wählte er einen Auszug seiner noch unvollendeten Fantasygeschichte „Sommersturm" aus.

Wenn er Zeit findet, sich mit der Realität auseinanderzusetzen, arbeitet er außerdem als Psychologe in der Familienhilfe. Christian ist verheiratet und Vater einer kleinen Tochter.

Christian las am 21.09.2022 und 01.07.2023,
er ist Mitglied bei Andere Welten.

Daniela Winterfeld wurde 1978 in NRW geboren. Sie ist zwischen Natur und Tieren auf einem Bauernhof aufgewachsen, auf dessen Dachboden sich die Familiengeschichte von 500 Jahren finden ließ. So ist es kein Wunder, dass sie bereits in ihrer Jugend mit dem Schreiben begann. Später studierte sie Literaturwissenschaften mit den Nebenfächern Geschichte und Psychologie.

Bis heute dienen ihr historische Begebenheiten, Mythologie und die menschliche Psyche als liebste Inspiration für ihre Bücher. Für diese Ausgabe steuerte sie einen Auszug ihres Fantasyromans „Blutgöttin" bei , dem ersten Teil ihrer Fantasy-Trilogie „Die Quellen von Malun".

Instagram: danielaaring_ohms_winterfeld

Daniela las am 04.11.2023 bei Andere Welten.

Dorothée Jansen, 1964 in Nordrhein-Westfalen geboren, auf der Suche nach Antworten auf ihre Fragen in die Welt hinaus gezogen, hat viele Namen: Jansen, Brüne, Lentz. Oder anglisiert – Dorothy Brown. Jeder steht für einen Aspekt ihres Seins und ihres kreativen Schaffens. Ob als Weltenbummlerin, Therapeutin, Mutter, Tänzerin. Auch das Schreiben „ist ein Tanz", so Dorothée.

Für die Wahlpotsdamerin nur eine von vielen Formen, das Wesen des Seins zu erfassen. Ihr Roman „Die stummen Felder", den sie unter dem Namen Dorothée Brüne veröffentlicht hat, ist ein Ausflug in den magischen Realismus über und unter der Oberfläche der Havel. Einen Auszug daraus stellte sie für diese Ausgabe zur Verfügung.

www.dorothee-jansen.de

Dorothée las am 01.07.2023 bei Andere Welten.

Inga Gögge kam zum Studieren nach Potsdam und wenn es ihre Zeit erlaubt, scheint sie unentwegt zu schreiben. Fantasy und Science Fiction sind die Namen ihrer Heimat. Young Adult ist der Name ihres Zielpublikums. Tief in die Gedankengänge, Gefühle, Ängste und Verwirrung ihrer heranwachsenden Helden lässt sie beim Lesen blicken. Ihre Figuren reifen in ihren Geschichten von Außenseitern zu Auserwählten, von Sonderlingen zu den Besonderen. Keiner ihrer Helden ist gewöhnlich. Vielleicht ist es da kein Wunder, dass sie sich auch in ihrem beruflichen Alltag mit der Reifung von Kindern und Jugendlichen befasst. Als Inklusionspädagogin, die kürzlich ihren Masterabschluss gemacht hat, hilft sie ihren Schülerinnen und Schülern auch im Klassenraum die Schwelle der Kindheit zu überschreiten und sich auf das Leben in der Welt Erwachsenen vorzubereiten.

Inga las am 18.01.2023 und ist Mitglied bei Andere Welten.

Jan Gießmann wurde 1993 in Goslar geboren. Seit seiner Kindheit ersinnt er Geschichten und erschafft Welten. Als Autor für Fantasy und Mystery möchte er seine Leser vor allem zum Lachen oder zumindest zum Schmunzeln bringen, aber auch den einen oder anderen Gedanken provozieren. Mit der Fantasy-Satire „Beastseller" nimmt er vor allem die etablierten Klischees des Genres aufs Korn, versucht gleichzeitig aber auch eine eher unkonventionelle Heldenreise zu etablieren.

Neben seiner Passion für Geschichten arbeitet Jan Gießmann als Vertriebstrainer und geht in seiner Freizeit dem Boxsport nach.

www.beastseller.org
instagram: jan.giessmann.autor

Jan las am 18.01.2023 bei Andere Welten.

Julius Hilker wurde in seiner Kindheit vom Raumschiff Enterprise entführt. Seitdem hat die Science Fiction einen festen Platz in seinem Leben. Stanislaw Lem, Philip K. Dick und andere Klassiker nahmen ihn immer wieder mit auf die Reise

Die Leidenschaft für dieses Genre führte ihn zu seinem aktuellen Arbeitsplatz: Im Urania Planetarium Potsdam begleitet er die Gäste als Moderator ins Weltall und wieder zurück. Und da die Andere-Welten-Lesungen unter der Planetariumskuppel stattfinden, war es nur logisch, dass er das Team tatkräftig verstärkt. Insbesondere seine Fulldome-Präsentationen sorgen jedes Mal aufs Neue für die besondere Atmosphäre. Julius hat die Anthologie gestaltet, und er gewährt darin einen Einblick in sein entstehendes Werk „Zigaretten für das Universum",

www.yofuture.de

Julius las am 04.11.2023 und ist Mitglied bei Andere Welten.

Martin Ahlborg wurde 1979 geboren, ist verheiratet und zweifacher Vater. Sein Nachwuchs war sowohl Zielgruppe als auch stückweise Vorbild für die Titelfigur seines Kinder-Science-Fiction-Romans „Jack Lonestar und die Rache des Arok", von dem eine Kostprobe in dieser Ausgabe gelesen werden kann.

Die abenteuerliche Weltraumgeschichte um Jack ist das Ergebnis von Martins langjähriger Weltraumbegeisterung, der Liebe zu den Werken von Jules Verne, Stanislaw Lem und Isaac Asimov sowie der literarischen Erfahrung, die er beim Schreiben von Gedichten und Kurzgeschichten sammeln durfte. Neben seiner literarischen Tätigkeit arbeitet er außerdem als Programmierer.

www.ahlborg.de

Martin las am 18.01.2023 bei Andere Welten.

Lisa Maria Olszakiewiecz wurde am Niederrhein geboren. Als studierte Biologin schöpft sie ihre Ideen aus den Naturwissenschaften. In der Slam Poetry garniert sie ihre Lyrik mit einer kräftigen Prise Humor. Ihr Fantasydebut „Der Tod, der mal vom Leben träumte" vereint beides. Das Sterben ist eine Tatsache des Lebens. Schwarzer Humor wird daraus, wenn das Sterbenlassen für den Tod zur Kunstform avanciert.

Einen Auszug aus der Begegnung des Todes mit den Genüssen des sterblichen Lebens steuerte Lisa Maria für diese Ausgabe bei. Hinzu kommt ein Lyrikbeitrag, der bei der Lesung für tosenden Applaus sorgte.

Instagram: elmo_schreibt

Lisa Maria las am 01.04.2023 bei Andere Welten.

Mary Cronos ist Autorin, Künstlerin für Fotografie, Illustration und Design, Moderatorin und Coach. Sie liebt es, mit ihrem kreativen Chaos Bilder in den Köpfen und vor den Augen ihrer Mitmenschen zu erschaffen – sei es mit ihrer Kunst oder in ihren Büchern, die sich vor allem in der Phantastik bewegen – mit Spannung und Crime, Mystery und Horror oder gleich Vampiren, Drachen und Magie. In jedem Fall aber immer mit Humor und Metaebene.

www.mary-cronos.world

Mary las am 18.01.2023 bei Andere Welten.

Thomas Frick, 1962 in Rostock geboren, ist diplomierter Regisseur. Begonnen als Undergroundfilmemacher, ausgebildet an der Filmhochschule Konrad Wolf in Potsdam-Babelsberg, drehte er seinen international viel beachteten Diplomfilm „Der unbekannte Deserteur", auch unter der Mentorenschaft von Roland Emmerich. Literarisch betätigt sich Thomas seit 2009, z.B. mit Reiseerzählungen und Kurzgeschichten, die in Anthologien und Magazinen veröffentlicht wurden.

Mit seiner Science Fiction-Geschichte „Tankstopp Pluto" steuert er für diese Ausgabe den Siegestext des 14. Kurzgeschichten-Wettbewerbs des Vereins zur Förderung der Raumfahrt bei. Thomas Frick ist im Vorstand des Literatur-Kollegiums Brandenburg.

www.thomasfrick.de

Thomas las am 21.09.2022 bei Andere Welten.

Tobias Radloff schreibt Romane, Kurzgeschichten, Lyrik und Slam Poetry. Zu seinen Veröffentlichungen gehören Kinder- und Jugendbücher, englischsprachige Gedichte, politische Satiren, phantastische Kurzgeschichten sowie ein „knochenharter Noir-Krimi" (Tagesspiegel). Er moderiert den Babelsberger Lesesalon, der jeweils am vierten Sonntag des Monats im Kulturhaus Babelsberg stattfindet.

Darüber hinaus ist er Mitbegründer von „Andere Welten" und Herausgeber dieser Anthologie, für die er die unheimliche Kurzgeschichte „Wie man in den Wald ruft" beigesteuert hat. Tobias Radloff lebt mit seiner Familie und zwei gefräßigen Katern in Potsdam.

www.tobias-radloff.de

Tobias las am 01.04.2023 und ist Mitglied bei Andere Welten.

Wolfgang Büttner, 1953 geboren, ist studierter Kyberne-
tiker, Ingenieur, Kunstturner, Maler, Buchillustrator und Schrift-
steller. Sich selbst bezeichnet er als Autodidakten. Seine persön-
liche wissenschaftliche Sicht auf die Welt und die vielen Erlebnisse
seines Lebens regten ihn eines Tages dazu an, seine Ideen niederzu-
schreiben. Herausgekommen sind literarische Ausflüge in fast alle
Richtungen: Kurzgeschichten, Essays, Kunstmärchen, Sachbücher.

Sein in dieser Ausgabe enthaltenes „Stereogramm" ist eine
abgeschlossene Geschichte und ein Tribut an die klassische,
wissenschaftliche Science Fiction, ein Blick über die Schulter
eines Forschers, der eine fremde Welt besucht, die ihm so anders
erscheint als alles, was er bisher kannte.

www.galerie-ars-pro-vita.de

Wolfgang las am 01.04.2023 bei Andere Welten.

Zoe S. Rosary, geboren 1980 in Lutherstadt Wittenberg, studierte zunächst Biologie und danach Theologie. In ihrer Elternzeit begann sie, fantastische Kinderkurzgeschichten zu verfassen. Mit Tiefgang und Romantik schreibt und veröffentlicht sie heute Fantasy-Romance-Bücher für Leser*innen ab 16. Zoe, verheiratet und dreifache Mutter, lebt und arbeitet in ihrer Geburtsstadt.

Für diese Anthologie stellt sie einen Auszug aus „Perlensplitter" zur Verfügung, dem ersten Band ihrer Fantasy-Trilogie „Die Chroniken der Drachenperle".

www.zoe-rosary.com

Instagram: zoe_rosary
facebook.com/zoe.rosary

Zoe las am 01.07.2023 und ist Mitglied bei Andere Welten.

Lowis Klebow kann sich nicht daran erinnern, jemals nicht gezeichnet zu haben, daher kann er mit Fug und Recht behaupten, dass das Zeichnen schon immer Teil seines Lebens war. Er liebt es, Figuren und Szenen zeichnerisch festzuhalten, ob aus seinen eigenen Geschichten oder aus denen anderer Künstler:innen. Visuell orientiert er sich dabei an Mangas wie „Dorohedoro" und „Land of the Lustruous"; künstlerische Vorbilder sind unter anderem Tamaytka und Sarah P. Der gebürtige Potsdamer ist ständig auf der Suche nach neuen Herausforderungen. Für diese Anthologie hat er das Titelbild und zu jeder Geschichte eine passende Illustration gezeichnet.

Instagram: lowis_choerl